KB118459

그 일 말고는 아무 일도 일어나지 않았다

김유태 시집

문학동네시인선 161 김유태

그 일 말고는 아무 일도 일어나지 않았다

시인의 말

느리고 분명한, 불안의 풍경 안에 나무를 붙잡고 우는 한 사람이 있다. 그는 나무 앞에서 영원히 마지막 들숨을 들이마시는 중이다. 최후가 궁금했던 나는 그의 불안을 들여다보곤 했다. 불안에 몸을 기대는 밤에 나는 불안하지 않았다. 그 불안의 풍경이 나에게는 내가 붙들어야 할 안온한 부표처럼 느껴진다. 나의 사랑은 불안이다. 내 눈동자에 짓는 공화국의 율서는 불온한 잠언으로 읽히기를 희망한다. 읽을수록 의지를 상실하는 위험한 외경 한 권이 나의 온몸이 되기를 바란다.

쓰고 싶은 글은 써야 하는 이유가 자꾸만 없어지고, 묻어뒀거나 잊어버린 지 오래인 글은 제집을 잃어버렸던 고아 유령처럼 다시 나를 찾아온다. 꺼내기 어려웠던 책장의 목록과 작성되고 있던 것들의 시작되지 않은 최후. 쓰지 않았으나 쓰일 예정이었던 미래 나의 책장 같은 것. 잠에서 깨면 내가 그은 적 없는 선들이 그어져 있다. 그것은 내가 오래전 그었거나 긋고 있는 선이 맞나. 연필을 잡은 나의 손은 나의 것이 맞나. 태어나지 않았으나 이미 죽어버린, 죽어버렸으나 아직 태어나지 않은, 활자들.

2021년 9월
김유태

차례

2부 흰 뼈 같은 꽃이 핀다

3부 앙장브망

4부 우리의 혀를 태워 떠나보내네

1부

빈방을 찾고 있었다

임차

　빈방을 찾고 있었다 사람 없는 방바닥 누가 버리고 떠난 숨들 식은 온기는 방구석에서 꾸벅꾸벅 졸고 방금 스친 뒷모습은 벽을 통과하며 옅어졌다 불을 켤 때마다 천장에서 구두코 앞으로 그림자는 일사분란하게 모여들었다 알비노 기린 한 마리의 털을 몽땅 잘라 만들었다는 붓으로 사람의 몸색을 닮은 물감을 허공에 덧칠하는 화가를 보았다 턱이 없는 집주인에게 흥정을 걸었다 화가의 방을 내어달라고 저 방이야말로 은총 없는 폐가라며 집주인은 고개를 저었다 기린의 뿔이 떠다니는 방에 당신이 세상에서 가장 오래 냈던 음이 지나가는 중이었고 복도는 기억과 후회로 쌓아올린 벽이었다 마침내 인기척이 없고 뒷모습과 기린의 그림자가 없고 나무도 없는 빈방을 찾아냈을 때 집주인은 부러진 열쇠를 건네며 말했다 지나왔던 모든 방이 빈방이었다고 여러 개로 쪼개진 모든 방은 시간으로 꿰매진 하나의 같은 방이었다고 입관이 곧 시작된다고

낙관(落款)

불판 위의 껍질엔 도장의 흔적이 남아 있었다 헤프게 해
동된 냉동육을 구우며 그는 아름다움에 대해 중얼거렸다 잔
혹한 멍으로만 기억은 몸에 고이는 거란다 그것이 차가웠거
나 축축했던 사자들의 구조이다 구부정해지는 짐승의 출구
를 그는 느리게 뒤집었다 질식할 듯 울음의 기억이 떠올랐
고 나는 수긍할 수 없었다 육체는 비명의 감옥인가요 기원
인가요 아름다웠다던 소문으로 가득한 피부가 전속력으로
두꺼워졌다 주어가 없는 슬픔이 마침내 기거할 육체를 찾아
타들어가는 밤이면 울음도 기억도 검붉은 꽃이 될 거라고,
칼로 저미면 피어나는 검붉은 기억을 나는 혀로 더듬었다
속지주의로도 속인주의로도 명명되지 않을 잿빛 슬픔은 다
행히도 불행이 되고 혀가 잘려야 비로소 딱딱해진다던 발음
에서 흘러나온 단어만이 환풍구로 빨려들어갔다 파헤쳐지
는 형상은 한동안 소식이 끊겨졌던 공범이 되어 화로 안에
결가부좌로 앉아 있었다 모자를 다시 눌러쓰고 아직은 덜
타버린 살육의 혀를 나는 천천히 씹으며 처음부터 다시 시
작할 수 없는 살덩이, 불꽃의 검붉은 눈을 오래 쳐다보았다

죽지 않는 마을

그 일 말고는 아무 일도 일어나지 않았다

죽어 해안에 추락한 새 한 마리, 해골조각을 마른 목으로
삼켜 울음 같은 긴 트림을 내뱉고 다시 죽어갔다

제 안에서 피 쏟고 새가 죽으면
부르지 못했던 새의 이름이 뼈에 새겨진다고도 들었다

나는 아주 오래전에
내가 잊은 나의 이름 하나를 찾으러
새가 죽었거나 죽어가던 종말의 바다에 서 있었다

죽은 새의 배를 갈라
덜 부패한 이름의 왕국을 밟으면서

내가 기억하는
나의 이름들이 새겨진 뼈는 아무래도 부러뜨리고
잃은 이름 하나를 찾아 죽은 새를 헤맸다

눈이 멀고도 세계를 움직이며
저녁마다 해안에 내려앉아 삼킨 시간의 잔해에 찔려
다시 어둡게 죽어버리는 새

나의 이름 하나만큼은 끝내 발견되지 않았고

퍼즐처럼 손가락뼈 몇 개를 모아
나의 손바닥을 맞댔다

이름 없던 생에 청하는 인사 없는 악수, 무슨 수신호처럼,
손가락뼈는 뭔가를 쓰듯 바람에 흔들리고

그건 반복되던 임종의 영상 같았다
그때 나는 알아버렸다

전생에서 뛰어내린 현생으로의 익사자들이 모여드는 곳

새가 먹어치울 내생(來生)의 예고된 뼈 몇 조각이
실은 지금의 나임을 알아버렸다

느리지만 분명하게
전생과 후생의 사잇길을 관통하던 기억들

새 속에서 나도 죽어버렸던 기억이 있는 것이다

모욕처럼 비를 맞으며

2
세계는 그저 한 마리의 투명하고 검은 새

착지하지 않겠다며 다리마저 썹어먹어버린 새들도 더러
있었고
그런 날은 오후의 기억이 없다

생의 베어진 상처를 한껏 벌려 들여다보면
이름 불리기를 바라며 나를 쳐다보는 하나의 거대한 입이
있었다고도 했고

모든 생을 집어삼킨 커다란 입
해수면보다 그 입이 더 커져버리는 형상이 반복되는 꿈
을 꾸기도 했다

뛰어내린 자들의 뼈가 굴러다니던
내가 이미 들어가 봤던 그 꿈
망실된 이름은 끝내 발음되기를 거부하는지도 모르고

그때 나는 알아버렸다

슬픔은 비상도 출항도 않는 검은 바닷가

죽지 않는 우리의 마을

날카로운 뼛조각 몇 개 주머니에 넣고 해안가 걸으며
죽은 새 본다

보이지 않는 새가 토해버린 날것의
이름만이 우리였다고

잃어버린 나의 이름을 오래된 세월처럼 중얼거리며
가끔은 또 숨을 참아보는데

죽어가는 새의 명멸을 천천히 확인하는 일

새의 뼈에 일부러 찔려
뼈에 새겨진 이름을 단 한 번만 더듬곤 했던 일

함께 어둡게 죽고
다시 햇빛에 깨어 이름을 잃고 바다에 서 있는 일

그런 일 말고는 아무 일도 일어나지 않았다

샬레

그라목손에 익사하는 혀는 납작한 저승에 잠긴 나의 알몸
이다 뱀의 전신이다 식민지의 계절 같은 밤을 떠도는 유령
은 유리의 정원(正圓)에서 모서리를 찾고 귀퉁이를 갈아낸
유리 밖은 나의 먼 이승이다 금지된 거리를 걷고 금지된 음
식을 먹으며 금지된 숨을 마시는 어둠에서 한 줌의 독극을
부어 날 달랜다 유리엔 둥근 입김이 번진다 유령은 어둠에
서 삶을 적출하려 하고 적신 혀로 저승의 출구를 핥으며 알
리바이를 만드는데 유령의 처소엔 소리가 없고 그런 밤에
만 피가 돌았으므로 포자처럼 세계에 번식하는 나의 그림자

익어(溺語)로만 말을 거는 숨의 저승에서 괴성을 지르면
알몸의 가죽은 온몸이 변성기다 알몸의 변성이다 폐로 유
령을 쉬는 밤에는 유리의 정적만이 내가 중얼거리는 사원
이다 검은 유령떼가 몰려들고 나병 같은 태양이 나를 잠들
게 한다 검은 물이 들이치면 나도 네게 들이친다 한 잔의 독
을 뿌리며 밤이 되는 사람아 저승의 승강장에 자기의 붉은
가죽을 내걸고 웃음 짓는 동공아 맹독이 묻은 입을 열어달
라는 성문아 곡선의 모서리에서 비명의 고해성사가 울린다
가빠오는 숨이 병든 궁전을 채운다 나는 얕은 익명이 된다

오래된 감염

　이미 앓고 나았던 병이 다시 유행으로 번진다 눈이 흐려지면 비로소 눈을 뜨고 귀가 어두워지면 들리기 시작하는 병이 사람처럼 과거처럼 걸어다닌다 말라붙은 흉곽의 장면 없는 우화를 상상한다면 목련보다 목련나무가 더 불행해질까 지하 창밖으로 고열의 이마를 내밀고 잃어버린 빗으로 긴 머리카락을 빗던 사람들이 기억난다 꿈은 지옥에서 온 환시처럼 불타오르곤 해서 나는 밤마다 지옥을 쏘아댄다 내가 분명히 들어가 봤던 그 꿈이 내가 들어가 본 적 없던 바로 그 꿈이 혀 없는 휘파람을 불며 잠마다 돌아다닌다

　사라진 목련나무를 손으로 잡으면 가지에서 목련이 떨어진다 허락받지 못한 숨인 양 헉헉대다 꿈에서 깨면 손에는 한 줌의 검은 머리칼이 쥐여 있고 다시 잠에서 깬다 죽은 사람들이 봉쇄된 도시를 탱크로리의 미친 방화광처럼 돌아다닌다 나는 무서워 다른 꿈속으로 피고 지려는 목련가지를 삼킨다 죽음을 바퀴 없는 가방처럼 질질 끌고 다닐 때마다 청맹이 밝아지고 이명이 걷힌다 목련과 목련마다 거미가 거미줄을 치고 목이 베어지듯 비가 내린다 숨을 쉴 때마다 숨을 참아본다 부패한 얼룩이 몸안에서 뜨거워진다

검은 원*

뼈째로 쓰는 말은
내 저승의 뜰을 미리 떠돈다

추상화를 그린다더니 자취의 초상화를 그렸구나
색깔의 눈물과 눈물의 색깔로

이름을 알 수 없는 너는 역광 안에서 사람을 처음 보는 표
정으로 고개를 떨구네 매 순간 하얗게 질려간다 나는

슬픔이 곧 주소인 우리의 오래전 실명한 눈을 닮은
검은 너를 바라보며
생의
단 한 번 흘러내리지 않을 언어를 기다리고,
언제나 밖에서 들려오는 목소리에 우리 자신을 종속시키
려 했지만

모든 무렵마다 일시정지 버튼이 눌린 음악
성가의 전주(前奏)에서 발각되는 도처의 미라

미라의 그림자
너를 무엇이라 부를까
침묵만을 담은 악보를 너의 그림자라 부를까

증오만으로 설계된 그림자의 마을에서 수상한 숨을 쉬는
그림자에게 말을 걸면 너의 윤곽은 절벽이 되어 윤곽 안으
로 가라앉고

   타들어가는 손바닥, 허공이 피어나는 손바닥의 뼈와 뼈
사이, 불타는 그네에서만 들을 수 있다던 괴로운 종소리

   나의 아버지, 나의 아버지, 어찌하여 아버지를 버리시나
이까

   어두울수록 선명해지는 검음, 나의 그림자를 너라 부를까

   덜 아문 칼자국 같은 달
   밤새 펄펄 끓던 이마를 우리는 숨긴 채
   방금 버려진 꽃을 무덤가 주변에서 한 다발씩 주우며

   무릎을 굽힐 때마다, 서로 같은 모양이던 검은 멍을 우리
는 함께 문지르면서

* 카지미르 세베리노비치 말레비치Kazimir Severinovich Malevich,
검은 원Black Circle, 1913.

검은 원*

가끔은 십자가로 목을 자른다

어둠의 우물에선 고양이 한 마리가 떠오르고
꽉 짠 행주처럼 쪼그라든 흰 뱃가죽만 지옥의 마지막 신
부(神父) 옷깃 같다

기억을 구형받는 날마다 나에게 걸어오는 지옥이 있다
그런 날에 나는 나의 이교가 된다

태양은 예전처럼 환하지 않고
세계도 더는 비통하지 않지만

세계의 뒤로 물러나는 도처의 기도와 발음되지 못한 기도
로 가득하다 세계는

비명 뒤에 남겨지는 건
인간이라는 예언이 배면에 적혔던 검은 절벽의 모퉁이에서

부패한 행렬이 뛰어내린 공원에서
커다란 어둠이 걸터앉아 생의 마지막 소금을 내게 뿌릴 때

가끔은 정신의 목을 잘라
나의 구덩이에 던진다

불온한 냄새를 풍기는 고양이의 맥박 없음을 확인하고 내부의 동굴을 들여다보고 또 들여다보아도

실내를 채우는 악취 옆에서 성호를 긋는
등불을 켜고 유리의 모퉁이를 도는

죽음의 죽음을 이제야 알았다는 듯, 인간이란 탄원서는
언제나 별 아래에서 울지

나도 서둘러 죽음 곁에 앉아 울어버렸다

발음하기까지 천 년이 걸린다는
한 글자 단어가 찢긴 벽지를 지나 나는 추락한다, 외자의
기도문을 외며

가라앉은 단어들이 남긴 희미한 슬픔의 자국들

지옥의 혀를 목젖 아래로 밀어넣으면 반듯하게 죽은 흰 고양이가 젖은 채로 아직 누워 있을까

당신이 잠든 내 곁에서 우는 꿈을 오래 꾸었던 것도 같다

가끔은 나를 잘라
방금 실종된 나에게 던진다

절벽에 십자가를 걸고 십자가에 나를 걸어보면서
나에게 불을 붙이며
행렬에 뒤엉켜 팔도 다리도 없이

* 아니시 카푸르Anish Kapoor, 림보로의 하강Descent into Limbo,
1992.

임시 가설 통로

　의자는 와해되었다 등받이 내부가 식어간다 정황증거는
불충분하다 창문 없는 외벽 아까 했던 말을 반복하는 개의
목덜미를 잡고 출구를 추궁한다 짐승의 목구멍에 맹렬한 금
속피리 개는 개가 아니어도 좋다 주머니 속의 가위에서 손
목의 냄새가 난다 우리의 주소는 죽음에도 이르지 못하는
병이겠지요 내연기관에 굴뚝은 없고 재가 소복소복 쌓이는
폐 철골과 목재를 실은 낡은 트럭이 외벽 바깥을 지나고 유
일한 목격자는 한 줌의 못을 맨손으로 주무르며 걷는다 소
음 속에서 들리는 온순한 아이의 희미한 노래 아무도 보이
지 않는데 이미 눌려 있던 가설 승강기 버튼

물의 자막

눈(眼)이 열리면
먼지로 쓴 굴림체 자막이 혀 밑에 흐르네
정의될 수 있는 슬픔은 슬픔이 아니었다지
수족관 의자에 앉아 의자의 리듬으로 구부러지고
숨을 쉬고
물고기 비늘 위에 결가부좌를 틀고 앉아
나를 읽네
명치 부근에 앙상한 슬픔의 추를 달아놓은 나여
오직 나에게만 없었을 무의미
분신하는 하루 속에서도 열반에 이르지 못하는 어떤 벼
랑 아래에서
나를 보네
일그러진 비늘과
뻐끔대는 수중의 주둥이
내장에 비해 둔중한 몸에서 유선형으로 벗어나는 자세
를 보네
재앙의 속성은 반복이지
스콜이 내린 뒤 일기예보로도 잡히지 않던 장맛비의 온도
재앙이 몸부림치며 재앙이 되어가던 날
나를 관통하는
나를 읽네
수면으로 오르며 나를 떠나는 공깃방울의 안과 밖에 대
하여

나는 대답할 수 없네

　바늘에 입술 뜯겨나간 물고기의 신경에 대해서도

　투명한 유리 안에 숨겨진 불안의 무게와

　그 균형을 우리는 알지 못하나니 나는 물과 먼지를 섞어
마시네

　수중에 떠다니는 반성과 치욕과

　물고기의 구멍 없는 부레와

　나의 들숨과 날숨을, 그리고 밀폐된 나를 읽네

검은 원*

1
어제는 사선으로 그어버린 검은 캔버스

가죽칼로 흰 뼈 남기듯 어둠에서 어둠을 걷어내면 치열
흐트러진 알비노 당나귀가 더운 입김 뿜으며 역광의 저편
에서 다가온다

검은 붓으로 생물의 점 찍으면
마지막 들숨의 이야기가 침처럼 흐르고

장례중에 정지한 폭설 같은 걸 그려볼까
입술 부르튼 짐승—새의 다리를 잘라 만든 피리 불며
피리 속에서 어려운 입술 달싹이던

위중한 짐승 주변으로 무너지는 사람들
자꾸만 극약 먹듯 슬픔을 복용한다 슬픔을 베고 누워 슬
픔으로 진입하는 마지막 질문 같은 꿈들
남김없이 죽어가던 풍경

쓰러진 마른 가지 같은 당나귀를 세로로 반으로 잘라 탑
처럼 쌓고 시너를 가슴에 뿌려 불을 붙이며 다 함께 노래
부른다

먼 잠을 유희하는 안단테의 울음들
징검다리처럼 섬망을 밟고 어디로 가는 사람들

머나먼 곳에서 들려오는 군중의 어떤 변성(變聲)이 있었고
웃어대다가 울어대다가 우리는 문득 생각난 것처럼 모두
젖었네

2
검은 캔버스는 나의 어제로만 그어버린 사선

흰 사원을 신발도 없이 뛰어다니면 세상은 신이 반쯤 마
시다 만 빈병 같았네, 고요하게 떨리던 몸들

열병 걸린 새떼가 하얀 당나귀의 아직 흘리지 않은 새카
만 피를 훔치러 온다, 한 번에 들이치는 냉기—사체의 눈은
명백하게 타오르고 있다

밀어내고 있다, 아니 밀어내지고 있다

밤새 하얀 꿈을 돌아다니다 죽음을 후드티처럼 껴입고 관
구석에 핀 이야기들을 자꾸 한 줌씩 꺼내면
당나귀 시체는 혀만 남은 알비노가 된다

등피 안에서 우는 영원의 혀
　　반대편으로 걸어 다시 돌아오지 않는 사람들
　　빛인 줄 알던 소금과자 핥으며 나는 정원(正圓) 안에서 정
원 안에서만 울겠네

　　알비노 당나귀가 잠을 청하면 떨리다 쉬어버린 목소리들,
동공 너머 저물어가는 진동,
　　검은 설경 안에서 은밀해지고

3
눈 멀어버린 알비노 당나귀, 나를 보고 길게 웃으며
—목이 마르다, 목이 마르다

걸어지며 동요하는 나도 알비노 인간

볼 찢어지듯 바람 불던 날에는
생을 핥으며 방문하는
저 온통 하얀

* 피에르 술라주Pierre Soulages, 페인팅Painting, 1985. 국립현대
미술관에서.

죄의 페이지

　나의 가장 높은 나무의 배경은 액자의 풍경을 요구하지
않는다.

　한 그루의 나무는 너무 슬퍼 바람에 서 있고, 오직 혀처럼
날름거리는 수천 개의 잎. 모가지가 부러지는 여인의 소리
를 들으며 그 옆에는 눈이 멀어 붓을 자주 잃어버리던 화가
가 눈을 감고 망상은 빈 공간을 오래오래 바라보는 밤. 바람
은 오늘도 불어오고 흔들거리는 날들. 저녁의 공기가 별에
서 멀어지고 또 한 페이지를 넘겼다.

　오늘은 죄의 페이지가 멈춘 날. 그대는 나를 천천히 올려
다보며 여인의 소리 위로 팽팽한 포물선이 되어 액자의 풍
경으로 굳어간다. 나무 위에 구름이 없고 태양이 없고 태양
이 나무의 심장에서 빠져나와 병든 당나귀처럼 제 눈을 닫
는다. 그곳은 풍경이 없는 어둠이고 나의 가장 높은 나무는
나의 가장 낮은 나무이다.

2부

흰 뼈 같은 꽃이 핀다

Pierrot

　바닥에 못을 놓았고 한동안 비가 내렸다 바닥의 못을 옮겼고 비가 내리길 기다렸고 비는 내렸고 다시 하루 또 하루 계절마다 빗물마다 못이 녹슬기를 기다려 아치 현관을 만들었다 그 안으로 들어간다 들어갈 때마다 인간의 반쪽 얼굴을 한 개가 구석에 앉아 있다 앉아서 우는 개 옆에 떨어진 못을 주워 아치 현관을 만들어 개를 떠나보내고 그 자리에 나머지 반쪽 얼굴이 되어 울어본다 내생으로 달아나버린 반쪽 얼굴을 못으로 그리며 나는 그가 그리워 아치 현관을 그려본다 계절이 변하고 비가 변하고 못도 구석에 놓인 피에로 인형도 변색되었다 모든 사람의 꿈은 한 사람이 가지고 있는 기억의 전부보다 작을 수 있고 한 사람의 꿈은 모든 사람이 가지고 있는 기억의 전부보다 클 수도 있다고 적힌 녹물로 쓴 편지를 전생의 내가 읽지 못했던 건 정원 밖의 내가 못을 바닥에 놓았던 것인지 인간의 얼굴을 한 개가 못을 흘리고 갔을 뿐인지 알 수 없어서이다 지상의 액자에 걸린 검붉은 반투명 커튼 너머로 두 꿈을 동시에 꾸면 개와 나는 거울을 사이에 두고 빗물 속을 걷는 한몸의 피에로가 되어 모호한 못을 입에 물고 반역처럼 망각처럼 서로의 정원을 쳐다본다

파양

뒤에서 쫓아오는 사람은 꼭 밤의 얼굴을 하고 있다 숨을
헐떡이며 도망친다 돌아보니 하필 내 얼굴이다 뺨을 후려친
다 골목에 숨으니 느긋한 기분이 든다 두 뺨을 맨손으로 문
지른다 땀을 닦을수록 내 얼굴에 묻는 내 얼굴, 내 얼굴이
내 얼굴에 붙어 나를 바라본다 누가 버린 거울 앞에 멈춰 내
얼굴의 뒤통수를 바라본다 뒤통수에 겹쳐진 내 얼굴이 선명
해진다 내 얼굴이 쳐다보는 나의 뒤를 함께 바라본다 뒤에
서 여러 개의 얼굴이 달려오며 나를 바라본다 거울 속에 심
어둔 나무의 안쪽으로 걸어간다 양팔로 나무를 껴안는다 나
무의 테에 내 뺨을 넣는다 나무에 붙은 내 얼굴의 뺨을 후려
친다 느긋한 기분이 든다 돌아보지 않고 거울 밖으로 뒷걸
음질친다 이제 거울은 내 앞에 없고 내 얼굴은 나무에 갇혀
운다 뒤에서 누구도 달려오지 않는다 도망치다 돌아보니 나
무의 몸으로 내 얼굴이 사라진다

천 개의 검은 혀가
후두두, 후두두
나를 바라보는 내 얼굴
전속력으로 달려가는
밤의 얼굴
천 개의 검은 눈

버드 스트라이크

1

죽음은 하나의 섬이다, 라고 나는 썼고

환영의 공동으로 글자는 질주한다. 섬은 머리 위의 욕망을 비껴 떠 있다. 죽음 직전의 욕망은 주변부에서 호명을 기다리며 들끓는 중이라고 나는 퇴장중에 혼잣말을 했던 것도 같다

고유명사부터 잊어버리는 건 망각의 첫번째 원칙이다

나의 정원(正圓)은 일반명사로서만 기억의 공중을 떠돈다. 나를 잊는 당신은 공중의 피사체를 바라보며 역광 안에 숨어든 나의 표정을 모래 아래로 침전하는 사해의 파도처럼 익사시킬 것이다

당신에게 잠기는 난 아무래도 발견되지 않는다

빛에서 어둠으로, 어둠에서 새 어둠으로, 어두운 내장으로 울컥, 쏟아지는 맥박은 망각을 망각하고, 망각의 풍경에 유리로 내리는 비, 우기를 앓던 새는 상처를 입고도 공중의 섬으로 날아오르기를 욕망한다. 욕망은 또 욕망하므로

깨진 섬들이여 추락하자

생으로, 종종

2
새의 몸은 늘 병들어 착지한다, 고 당신은 썼다

세계라는 낡은 병 속의 새는 통역이 불가능한 수신호, 허
공의 봉분으로 쌓아올려지는 섬, 음속에서만 숨을 내쉬는 새

　새의 관자놀이를 감싼 당신의 머리칼
　가만히 주먹을 쥐고
　연약한 해골의 환영을 들여다보는 일
　지하의 엔진으로 맹렬하게 폭주하는

귓속에서 부리로, 부서진 부리에서 다시 부재하는 공동으
로. 잘못 도착한 이명처럼 만나지 말았어야 할 새의 충돌,
새로운 부재로 탈주하는 심장, 새들은 무덤이 되어 무덤으
로 가쁘게 착지한다

점점 깊은 생으로, 종종

안구건조증

몸안의 파이프마저 말라버린 밤이다 눈동자의 계곡에 파
충류의 점액이 떨어지는 시간, 얼지 못하는 사막이 건기의
겨울을 받아들였고 나는 눈물의 농도를 잊었다 다리를 절
뚝거리는 낙타가 뒷발로 모래를 뿌린다 누군가 억지로 손에
쥐여준 호외처럼 긴박하며 명징한 공포, 낙타의 등은 굽었
고 티브이에선 한 마리 남은 동굴사자가 바위에 몸을 비빈
다 바위는 부드러워졌고 바윗조각이 떨어져나온 사막은 방
금보다 조금 부풀었다 사막의 주름에는 눈(雪)으로 그린 지
도가 없으므로 막다른 골목길에서 얼어붙은 한순간, 태평양
을 그리워하던 낙타와 동굴사자의 골편에 모래가 쌓인다 구
원을 위해서라면 외경의 두번째 장이라도 넘길 것이다 펼쳐
지는 순간 부서져버릴 수취인 불명의 문장이 검은 화석으로
내 안에 있다 구부정한 자세로 나를 튕겨내고

타르

이 도시의 계단 아래에 죽지 않는 나무가 자란다. 거꾸로 생장하는 나무, 입구 밖의 행려병자는 알아들을 수 없는 말을 걸며 몰래 나무의 들숨에서 꽃을 꺾는다. 주운 청테이프로 입구 없이 막은 검은 비닐, 행려병자는 사념의 항아리에 물을 주며 아직 꺾어본 적 없는 꽃의 상을 빚는다. 한 번 보면 실명하는 꽃을 검은 항아리에 담고 다니지만 행려병자도 나도 꽃을 본 적 없다. 고아 유령처럼 매일 찾아오는 계단 위의 행려병자는 뜨거운 겨울을 살며 금간 계단의 대리석에 비명을 불어넣지만 다 자란 나무는 정오마다 사라지고 정오에 다시 핀다. 꽃나무는 꽃과 나무가 아니다. 내려가고 있지만 올라가고 있는 중인 행려병자의 계단을 나는 알고 있다. 계단 아래 기차가 죽지 않는 숲을 실어 나른다. 행려병자도 나도 배면의 색으로 덧칠한 세계에 살고 있다. 검은 비닐에선 없는 목소리가 들려오고 아직 들어본 적 없는 말이 도시의 계단에서 들리면 나는 본 적 없는 꽃을 꺾으려 한다. 그것은 나의 손일까.

폐원

서쪽이 위로 가는 지도를 내벽에 그리는 중이었다 창이 없는 벽의 바깥으로 새가 전속력으로 날아와 부서졌다 그 방에는 지도의 배면으로 달려드는 새가 있다고 했다

모두가 그 새를 목소리, 라고 불렀다 돌아오는 새는 유폐의 방을 비껴갔다 허공에서 홀로 떠돌다 낯선 공중에 흩어지며 타올랐다 목소리는 전염되지 않았다

새의 동선을 따라 벽에 선을 그으면 근사한 초상화가 그려졌다 얼굴은 말을 걸었다 모두가 그 얼굴이 자신의 그림자인지 몰랐다 거울은 불안을 들추며 벽의 바깥을 떠돌았다

벽에 기대 잠든 척하며 언젠가부터 모두가 목구멍 안에서 각자의 새를 몰래 키웠다 성체가 되면 자작나무처럼 염증이 하얗게 오르는 그 새를 모두가 죽음, 이라고 불렀다

성대 부근에서 가끔 죽음을 꺼내 쓰다듬던 자들은 예외 없이 커튼 바깥으로 끌려나갔다 종신형을 꿈꾸며 모두가 새를 삼켰지만 새는 자주 튀어나왔다

정신 상태가 의심스러운 간수의 비명이 들렸다 비명을 태양, 이라고 명명하자 누군가는 음악, 이라고 우겼다 창문도 축제도 없는 저녁이었다

태양은 오지 않을 미래의 악몽이었다 음악은 세상의 끝에서 아가리를 벌린 채 다가오며 고요했다 몸안에 묻어버린 시체는 천 번을 죽어서야 부패했다 모두가 시체를 바라봤다

모두가 방을 떠나지 못했다 모두가 이곳이 어디인지 몰랐다 새는 벽의 바깥에서 부서졌지만 땅에 추락하는 소리를 듣지 못했다 그렇지만 이곳을 벗어날 수 없었다

모두가 방을 떠나지 않았다 모두가 이곳이 어디인지 알았지만 부서지는 새의 그림자를 목구멍으로 삼켜 숨겨야 했다 그래야만 이곳을 벗어날 수 있었다

눈을 뜰 때마다 어제 그린 지도는 다른 얼굴을 하고 있었다 벽의 바깥에선 새가 부서지는 소리가 들렸다 목구멍에선 새가 한 뼘씩 자랐다 창문이 열리자 축제가 시작되었다

하나의 작은 균열

혜다야트의 안경을 쓴 토끼의 검붉은 동공을 나는 기억했다 나는 토끼를 T시에서 보았다고 남자에게 말했다 남자가 며칠 전 잃어버린 안경이 분명했다 진입교차로의 좌회전 신호가 점등하자 남자의 눈에 열어놓은 창으로 날아든 티끌이 박혔다 그해 칠월 백중날 한참 동안 눈을 비볐지 나는 실명한 채로 안경을 쓴 어둠이다 곪기 직전의 내장 같은 T시의 골목을 지나 휘어진 목조계단에서 남자는 토끼를 발견했다 교미중이던 토끼는 남자를 보지 못했다 안경을 쓴 토끼와 안경을 쓰지 않은 토끼가 몽실한 흰 털로 뒤엉켜 있었고 검붉은 두 눈과 안경을 쓴 탓에 더욱 검붉어 보이는 또다른 두 눈 가까이 다가간 남자는 토끼들을 걷어차고 안경을 쓴 토끼에게 안경을 빼앗고 싶었지만 안경을 쓴 토끼와 안경을 쓰지 않은 토끼는 습습후후 숨을 몰아쉬었다 남자는 헛구역질이 났다 남자는 자신의 눈을 가렸다 남자의 빈 내면에 소금기 짙은 썰물이 밀려왔고 목구멍으로 넘어오는 한 구의 익사체 남자는 토끼의 숨소리 흰 털 땀냄새 후배위 목조계단까지 모든 것을 흡수하는 작은 구멍이 되었다 T시의 계단에서 남자는 등을 돌렸다 흩어지는 섬광이 되어 T시를 빠져나갔다 계단 옆 아파트 창문에서 남자를 바라보았다 그것은 충분한 어둠이었을까

나의 갠지스

수면 아래로 잠기는 한쪽 귀와 아직 잠기지 않은 세상의 귀를 요구한다. 착시 후의 잔상처럼. 강도 반쯤 얼굴을 내밀고 심장소리를 들려준다. 역류하는 낭만처럼. 이름을 떠나보낸 너의 도시가 강 아래로 흐른다. 버림받은 도시의 목소리로만 너의 주소는 웅얼거린다. 사라진 줄 알았던 너의 눈알은 우리만 모르는 방향으로 굴러간다. 수면 아래로 모여드는 흰 물고기떼가 강에 잠긴 나무 주위를 뱅뱅 돈다. 다극(多極)이 지배하는 눈알엔 모래톱이 힘찬 날갯짓인 양 영원히 무너지고 있다. 결국 실패하고야 만 밤마다 검은 비가 쏟아지고 새벽이면 몰래 발음해보던 강은 실패만이 모여드는 갠지스라고

익숙해진 부재가 불현듯 부재가 아니었음을 깨달을 때 비명은 온몸의 귀가 된다. 갠지스에서 불에 덜 탄 시체와 아직 허물어지지 않은 재가 떠다니는 강을 헤집으며 오래전 쓰다듬었던 너의 머리카락을 움켜쥔다. 내가 잊은 너의 시체에 흰 뼈 같은 꽃이 핀다. 나는 추억을 망각하고 망각을 후회하고 후회를 추억한다. 추억의 늑골을 부러뜨리며 강의 여행을 쳐다보는데 저기, 물의 잔해가 보인다. 강은 전쟁소설이 아니며 전쟁중에 쓴 소설로만 읽혀야 한다. 강은 내가 전쟁중에 기록한 너의 느린 유언을 닮았다. 버려진 꽃 위로 내리는 검은 스콜은 너의 표정이었음을, 온통 덜컹거리는 창밖에서 들이치는 물

추상13*

당나귀 목을 붙잡은 여인이 얇고
거대한 벽 앞에 선 오후입니다
벽 안에 두 개의 문이 닫혔습니다
사막 하늘을 공전하는 병풍처럼
두 개의 낡은 입석 사이에서 엄숙한
여인이 열려는 건 당나귀의 지친 두 귀와
밤을 닮은 눈썹
한 줌의 소금을 털어넣어주세요
발굽을 감싸기 시작하는 풀잎
모래를 응시하던 날지 못하는 새
우리의 해변이 엇갈린 적이 있었나요
캔버스 안의 풍경은 한낮의 마음
당나귀의 온도는 여인의 음역을 더는
범람하지 않을 것입니다 여인이 머리에서
떨구는 꽃의 그림자마저 당나귀의 얼굴에
당나귀와 여인의 바깥으로 물감과 캔버스
저편으로 퇴장하는 다큐멘터리
당나귀는 두 발굽으로 문을 가리고
문은 열리지도 닫히지도 않을까요
밖에서 안으로 파인 음각 액자
이곳, 좌표평면, 해(解)가 존재하지 않는
당나귀의 이마에 여인의 뺨에
우리도 정물의 권리를 요구하고

여인과 당나귀를 지우는 폐장 안내
암전 후 세상의 조명을 켜면
지나간 자리는 흑백으로 표구되고
형체가 일그러진 맹세는 나의 이마에
판각되고 있겠지요, 당나귀를 쓰다듬는
가로등 아래 휘청거리는 벽 앞에
아내는 액자 속으로 사월이 되고

* 장성순, 추상13, 2009. 안산 단원미술관에서.

검은 원

검은 사과의 모서리를 찾고 있다

천 년 전 멈춘 죄인의 들숨을 필사중인 간수의 눈과 물소를 타고 죄인의 뼈피리를 부는 아이의 귀 사이에서만 검은 사과는 자란다

곡조를 한 바퀴 선회할 때 아이는 머리에서 하나씩 신화를 잊고
죄의 탁본을 뜨면 정신 상태가 의심스러운 간수의 몸에 저승꽃이 핀다

비조차 내리지 않는 죄인의 몸은
울면 울수록 환절기가 되어버린다

간수는 죄인의 인중을 보고 아이는 죄인의 자취를 듣는다

검은 잉크는 도무지 사과가 되지 못한다 악기로 만들어진 빛과 존재가 될 수 있다던 소리, 빛과 소리는 있지도 않고 없지도 않은 것

죄인의 성문을 들여다본들 저편에 무엇이 없고 빛의 입구에 주저앉아 빛을 만지려 입술 앞에서 주먹을 움켜쥘 때

문을 두드리면 멍이 듭니까

망막과 달팽이관을 걸어가는 형상이 간수와 아이를 쳐다
본다

형상은 수면 아래로 잠기는 한쪽 귀와
아직 잠기지 않은 세상의 눈을 요구한다 반쯤 얼굴을 내
민 사과는 죄인의 심장소리를 들려준다

빛과 소리 사이를 흘러가는 강
물의 잔해로 모여드는 흰 사슴떼

3부

앙장브망

Pierrot*

내 정신의 민물엔 죽은 황제가 떠다닌다

허옇게 배를 드러낸 왜가리의 가죽은 폐제의 맨발에 걸려
이상한 소문을 붙잡고
내생의 와류에 걸린 황제는 영원의 와불이 되어 눈뜨지
못했다

죽어버린 황제에게 욕설을 퍼붓는 나는
무국적 보트피플

황제의 참형으로만 황제의 즉위식은 치러졌으므로 잠들
때마다 나는 죽은 황제의 인중에 총을 쏘곤 했다

흉(洶)이라는 단어를 휘갈겨 쓴 나무로만 만들었다는 배
에서 방울 없는 종을 단 모형 교회탑을 던지면

물 아래에서만 종은 소리를 냈고

죽은 왜가리 몇 마리의 살덩이가 죽은 자의 들숨으로 채
워진 풍선을 품에 안고 달려들었다

죽어버린 황제를 보트로 하나씩 건져올렸다

050

고르지 못한 치열을 드러내고 뺨이 야윈 황제는 그제야 ⌐
눈을 떴고

죽은 줄도 모르고 깨어난 황제에게 눈썹을 그리면서
비로자나불의 눈에 검붉은 동공을 그려주면서

손에 색이 없는 풍선을 쥐여주면서 꿈속에서 익사해본 자
들의 발음으로 무서운 말을 걸면

세계에서 마지막으로 발음된 소수민족의 욕설이었고 받
아 적으면 추하거나 거룩한 고해성사였다

죽은 나의 죽은 황제
슬픈 얼굴을 한 나의 무한한 피에로

나의 죽은 황제는 늘 새로운 정부에게서만 옹위되었다

오래전 흘린 눈물은
비로 돌아와 고여 있다던데
우리가 혁명에서 흘린 피는
다 어디로 갔을까

한없이 깊은 꿈에서만 풍선을 하나씩 터뜨렸다 내가 흘렸
⌐

⎯ 던 피의 행방은 묘연하고

　나의 정수리에 배를 깔고 누운 황제에게
　나는 다시 행복하게 총을 쏜다

　가죽을 잃어버린 왜가리의 뼈는 나의 피를 뱉으며 내게
다가온다

　죽은 황제의 곁에 가만히 앉아 나는 황제의 모자를 젖혀
미늘이 걸린 입술을 우두둑 뜯어버린다

　우리의 입술은 다 어디로 갔을까

　슬픈 나의 얼굴을 한 폐제들이 물밑 무한개의 방 여기저
기서 목을 놓아 울고 있다

　* 조르주앙리 르노Georges-Henri Rouault, 피에로Pierrot, 1938.
도쿄 이데미츠미술관에서.

⎯

사인칭(四人稱)

그대 망각의 일기를 후생의 도서관에 대신 써둔다 벽의 내
부에 거꾸로 적은 구불구불한 악필이 그대가 발견할 전생이
다 그대가 발음하지 않은 외줄의 자막 사이로 질주하는 개
의 언어를 해독하지 않고도 그대는 이미 안다 그대로 기억
되는 건 그대가 잊은 벽 안쪽의 지옥이라고 현생에서 후생
으로 관통하는 거대한 가시 달려가는 개의 목구멍에 걸린
손톱 시간의 허공에 비끄러맨 미늘 그대 목에서 울컥 뿜어
져나오는 몇 방울의 피 참혹의 징표였던 시간을 질질 끌며
그대는 검은 정원(正圓)의 테두리를 걷고 있다 이형의 검붉
은 선을 외벽에 긋고 현생에 저항하는 전조처럼 기울어진
시계는 소리를 내지 않고 불타버린 의자에 앉은 그대 쾅 후
생의 책상을 내려치며 혀를 망각하는 날이 올 것이다 검붉
은 페인트칠이 벗겨진 책장 옆에서 컹 한쪽 눈을 실명한 개
가 허공을 향해 짖고 아무것도 읽을 수 없는 저녁마다 투신
하는 석양을 쳐다보며 그대는 매일 갸우뚱 고개를 숙이다
슬픈 목이 비로소 부러지고 말 것이다 그대가 기대는 벽 느
리지만 분명하게 움직이는 초침 정지한 시간의 박명(薄明)
에서만 그대와 나는 시작할 수 있다 그대가 끝나는 벽으로
질주하며 나는 부서지겠다 뜨거운 벽의 외부에서 그대는 발
견되지 않는다 나는 발견되지 않는다

로미오 포인트

머리가 반쯤 남은 도마뱀은
정신의 꼬리표처럼 내 죽음의 방에 매달려 있다

죽음의 도마뱀만이 정육면체 벽에서
나를 분절하고 다시 분절한다

어금니에 꽃을 물고 질겅거리며 씹는
이국의 밤에 활엽수만 무성히 자라고

타자의 벽을 오르내리는 추운 뱀
수액을 핥으며 나도 정신의 벽에 달라붙는다

우주의 내장 같은 별을 바라보면서
여기선 아무도 집으로 돌아갈 수 없다고

어두운 머리칼, 불상에 놓인 촛불 앞에서
무음의 예불을 올리는 밤마다

1월의 0일마다 불상의 눈두덩엔 촛농이
굶주린 도마뱀의 피는 상해버렸다

시신의 눈동자 같은 저 불을 바라보면서
나의 흐릿한 눈은 내 생을 기어다닌다

사과를 한입 베어물면 사과의 아가리가
나를 쳐다보지 피의 입술로 씽긋 웃고

아무것도 쓰여 있지 않은 편지지를
벽에 붙이며 멍든 무릎을 꿇고 앉아

순백의 빈 소파를 마주보고 뼈로 춤을 추며
망자들이 문 열어달라는 어둠을 듣는다

도마뱀은 다리가 없다
야윈 자궁엔 내가 없었듯이

활엽수가 붉은 눈가로 말을 걸려고 한다
영원히 등받이가 길어지는 나무의자

나도 눈동자로 나의 도마뱀을 쳐다본다
도마뱀이 제 머리를 자르는 소리를 듣는다

불확실하게 남아 있는 건 몸뚱이라고
잠옷을 잡아당기며 무슨 말이라도 해보라고

피와 촛불

신열에 들뜬 도시로 나들이를 떠나는 방에 나와 당신은 있
다 소련제 축음기를 틀면 눌변의 참회자가 남기는 유언이
폐가를 채우고 점액질의 파충류가 되어 주위를 살피는 나와
손톱 끝마다 묻어나는 당신의 호흡은 덜 자란 이끼처럼 비
릿해지는데 우리를 향해 다가오는 무오한 걸음이 있다 온기
를 머금은 촛농으로 당신에게 글씨를 쓰고 부재하는 개미가
등허리를 지난다 죽은 행진곡이 들릴수록 불온을 독백하던
당신이 오랜 후에 쏟을 추깃물을 상상하는 내가 촛불에 손
을 올릴수록 피에 섞여 떨어지는 몸안의 유릿조각들

수취인 불명의 편지를 움켜쥔 한 마리 태곳적 축생의 후
예가 오래전에 죽은 입술과 덜 죽은 혀로 창밖의 행인에게
말을 건다 방랑자의 무리가 모여드는 밤 아무도 우리를 모
르지 우리도 우리를 모르지 한참 동안 기억을 쓰다듬던 당
신이 나의 손을 놓을 때 입술에 닿는 나의 혀는 성에가 끼
듯 얼어붙는다 생의 마른 찌꺼기가 말라붙은 혀에 백태는
지류처럼 갈라지고 살지도 죽지도 못한 삼키지도 뱉지도 못
할 건기가 몸의 미궁에서 길을 잃는데 저기 누가 죽음을 끌
고 이곳으로 온다 촛불을 들고 가까워지는 창밖의 검은 뼈
그 검붉은

앙장브망

　서술어 없는 책을 읽는다 다리 없는 의자에 앉는다 발목
이 사라지기를 즐기는 유령인 것처럼 의자의 주어는 유기되
고 주어는 서술어를 은폐한다 연기 너머로 뒷모습은 가려
진다 박하향은 새의 깃털 사이로 흩어진다 태어나기도 전
인 종의 예정됐던 변이처럼 듣기로 했던 음악이 달리 들리
고 아직 시작되지 않은 결론을 알고 있었던 것도 같다 뒷모
습 가로질러 존재하려 했던 그대와의 새벽들 우리보다 앞서
세상을 선회하다 없어진 그대의 발음되지 않은 진술들 자극
없이 감행되려 한 미미한 운동들 소년 앞에서 이미 울고 있
던 소년들 태어나지 않고도 먼저 울고 있는 그대와 그대들
없는 얼굴에 어울리지 않는 걸음을 찾아다니다 없는 눈물을
뿌려 없는 모닥불을 피워내고 유령은 눈물을 말리고 후생의
주어 안으로 배제되어간다 불편한 옷을 입고 혼자 추는 춤
은 어디로 갈까 불안의 숨을 후생의 꽃으로 피워낼까 없는
뺨을 없는 손으로 쓰다듬으며 없는 공간에서 없는 시간으로
들어가 없는 글자를 읽어보는 하얀 맹목과

기만하는 거울

가면을 벗어 심장에 넣으면
심장에도 표정이 생긴다

없는 얼굴에 속눈썹을 그렸다
달아나지 못하는 나의 박동

무정형 문자가 전신을 떠돌고
몸의 안쪽에서 휘는 물음표

둥글게 비틀거리다
마지막 점이 찍히는 속도

종소리 같은 소문은 질주하고
일순간 오므리는 낯선 별

사람이 아닌 것의 말들
빈방을 찾는 구부정한 등뼈

컴컴하고 메마른 내장
난간에서 떨어진 부러진 손톱

가면이 매장된 물음표 하나
갇힌 표정으로 웃는 당신이여

동작 하나에 천 년이 걸릴 수화여
느리게 죽어가는 붉은 눈꺼풀

이명은 매순간 항의처럼 흐르고
세계는 한 자루의 유구한 칼

내 뒤에 수직으로 몸을 숨겨
가만히 버티고 선 의문의 단어

낡은 심장을 움켜쥔 가면 하나
약속과 배신이 모여드는 땅

어젯밤에도 무서운 척추가
심장 쪽으로 한 뼘은 자랐다

검은 서사

키우던 짐승은 소식을 듣자 뼈가 굽은 채로 얼어붙었다 도굴을 피하려 먼 오래전 목구멍으로 삼켜 숨겨둔 놈이 나의 정오를 노려본다 추락사로 추정된다는 루시의 마지막이 견고딕체 부제로 적힌 신문지 위로 늙은 개가 검은 오줌을 지리면 먹구름이 번지고 간파되지 말았어야 할 음모의 서사가 느닷없이 누설되었다 채굴된 뼈는 먼 세계의 계절에 갇혔다 왼손의 세번째 관절을 꺾으며 착지 후 부서져버린 인간의 뼛소리 같은 전생의 음가를 추궁하는 밤에 짐승은 뒤척이고 우리는 얼지 않는 바다에 눕지 못한 채 꿈틀거렸다

당신과 나는 사실 만난 적이 있다

여기엔 탈출구가 없고 유기된 인물과 물속에서 숨을 참으며 웃는 태양만이 있다 슬픈 서사와 으깨진 원(圓)의 그믐이 있다 나의 호흡이 묻은 살은 먼지가 되어버렸고 머리카락에는 시취가 뼈마디 어딘가에 무늬를 남겼다 당신의 처음과 마지막을 모르는 짐승아 나는 슬퍼서 다시 울었다 잇몸만 남은 개가 동굴에 갇힌 짐승의 눈으로 제 안의 공(空)을 쳐다본다

선(線)의 세계사

 음악이 말줄임표의 리듬으로 압축돼 전해오는 겨울, 변두리 철로에서 이어폰으로 귀를 닫고 태양이 걸어온 활주로에 작별인사를 한다 구부정한 척추, 내 안의 중심은 원심력으로 자꾸 땅으로 휘고 벽으로 닿고, 고요가 투명하다는 것이 나의 엄격한 견해이다 태양의 사정거리는 늘 나의 바깥에 있어 할일 없는 나는 헛소리를 기다린다 허약한 안개가 달궈지고 난간 아래는 직벽이다 내 안의 사랑과 공포로 변해버린 녹슨 밑줄에 잠시 누워 있다

예기불안

1

동공에 스미는 물방울은 말을 잃게 하고 발작하는 침묵중
에 당신은 이곳으로 왔다 출렁거리는 바깥을 끌어안을수록
창백한 절벽에서 당신은 뱉어내질 뿐이다 뛰어내리기 직전
의 당신은 수면에 오래전 반사된 빛을 허둑허둑 집어먹으며
내전중에 사산된 천사를 미동도 없이 기다리곤 했다 할당량
을 채우지 못했다는 이유로 농장주가 톱으로 자른 딸의 발
목을 한 손에 쥐고 사진사에게 뛰어온 콩고 노예가장의 무
표정으로부터 불안은 흘러 당신의 어깨에 내려앉은 것인지
도 모른다 선고를 받은 두 살배기 딸의 흙무덤을 미리 파고
매일 구덩이에 누워 하늘을 바라본다던 쓰촨성의 남자는 미
지의 울음을 흙으로 덮는다

　절망을 흩뿌리던 구름의 저편,
　당신의 얼굴에 쏟아져내리는

　칼끝

2

귀가 들리지 않는 나는 눈이 먼 당신의 손을 잡는다 부재
하는 사물과 익명의 풍경에 가까이 다가갈수록 침묵으로만
기억되는 비명과 어둠으로만 되돌아오는 빛이 있었다 붉은
자상이 선명한 살의 안쪽에선 혈관 속으로 한기가 돌고 슬

품에 잘려나간 바깥에는 또렷하고 거대한 눈 하나가 껌뻑인
다 당신의 검음은 당신만의 경계가 아니며 우리 검음의 증
인은 우리만이 아닐 것이다

　나의 사랑은 불안이다 불안에 떠는 검은 눈(雪)만이 우리
의 마지막 인격일 때

　동공에 쌓이는 그 검은 눈
　허공에서 터져 곡성으로만 목격되는

　사방의 그토록 모호한

목욕하는 도모코 우에무라*

당신과 나 사이를 훑고 지나가는 계절의 유일한 문은
망각이다
탄원서를 구긴 기결수
아무도 보지 못한
빛과
끔찍한 무방비를 앓는 당신의 도무지 지나가지 않을
어깨뼈를 쓰다듬으며
위경의 두번째 페이지를 한 잎씩 찢어보는 밤
여기
우리를 두고
가지
마
입술을 닫은 너희 몸안에 눈물이 흘러내리는 시체가 있다
참혹을 깨닫지 못한 너희
깨어진 거울에 비친 불안의 홍
그래
거기,
너희
꽃잎을 문
무덤의 문은 비열하게 열렸고
흑사병에 걸려 자기 발로 무덤을 찾아가 지평선의 붉은 무
표정을 기다렸다는
조지아 샤틸리 성채의 성자처럼

자기 뼈의 방문을 기다리는
너희
그래,
너희
문맹의 동지들 검은 언덕에 모아 완악(完惡)한 발음을 가
르치면서
망각을 당한 모든 것들에게 안부를 건넨다
시간으로
굽은 늑골은 젖어 당신은 밤새 잠을 망각하고
결말 없이 저질러지고 만 소설의 구석에 웅크리고 앉은
여러 그루의 시간과
참혹했던 가능성들의 잘린 밑동을
나와 당신은 물끄러미 바라보면서
몇 방울의 피도 없이

* 유진 스미스Eugene Smith, 목욕하는 도모코 우에무라Tomoko Ue-
mura in Her Bath, 1971.

나무화석

테는 모두 바깥이었다지
숲에 덩그러니 놓인 규화목 탁자처럼

나무가 진흙에 얼굴을 감추고 바위의 안이 되기까지 사만년을 기다렸다는 표지판 앞에서 당신의 흰자는 노을의 색을 닮아 흐려졌고 지평선 아래로 낙하했을 때 우리는 우리의 속죄를 완성하였다지 별 위에 사는 당신을 별 아래 사는 내가 배웅하던 날, 당신의 눈에 나를 바르며 당신은 말했습니다 구원은 바위 속에 들어가 버티는 시간인지도 몰라 언제 발견될까 보이지 않는 시간의 장막에 숨어 시간은 영원한 암흑의 투명 괴물인지도 몰라 테에 남겨진 문장과 단어는 미제 사건으로 남았다 폐가에서 깬 뱀은 날름거리는 혀로 돌의 안을 추궁하다 사라진 그곳, 계절을 몸으로 빨아들이고 나무는 바위의 색으로 위장을 마치더니 홀로 바위로 변했네 저 돌의 지옥에 양서류의 비명이 있고 유령의 울음이 부드럽게 번진다 안온한 나무화석은 미라였다가 소리였다가 슬픔이 되었고 바위가 되었고 당신에게 갇힌 나의 온도가 되었습니다 경련의 형식을 잊고 조명도 없이 소음조차 없는

테의 문장 어디쯤에 출구로 가는 지도는 감춰졌을까
시간의 뼈로 변한 테의 어딘가에서
다시 문장이 되어 바깥이 되어

나스카 라인

  평지의 자막에 비가 내리지 않아 선을 밟고 너의 앞에 선
날에 너라는 신화는 도처에 있고 어디에도 없어서 신화가
사라진 적도 없는 물신만 남은 이 청명한 곳에 죄인이 있고
불행이 있어서 남자는 자주 거룩하기를 거부하고 뺨에는 누
가 꾸다 만 꿈속에서 뻗어나온 손이 닿아 있는데 원망의 대
상이 없고 영하의 이후만이 있어서 경련하는 금

4부
우리의 혀를 태워 떠나보내네

슬픈 레시피

우리의 가장 오래된 레시피는 슬픔이다

정전된 원형의 정원
식탁에 빙 둘러앉아 불 켜진 촛대 주위로 두 손을 모은 채
쟁반에 우울을 쏟고 슬픔으로 슬픔을 빚지 우리는 슬퍼지고

빙점에 도달한 슬픔을 살이 파이도록 주무르고
내부에서 각자 키운 죽음의 나무를 한 그루씩 식탁에 올
리면

그림자마저 빛으로 여겨야 한다던 어떤 이의 절대와
흔들리는 나의 절대가 해석되지 않는 수화처럼 짐작하기
어려워질 때 우리는 흔들린다 흔들리고 흔들릴 때마다

검은 나이프의 안쪽에서 자기 들숨에 눌린 구면의 압사체
가 말을 건다
처음과 마지막을 더듬는 표정으로

꿈이 아니던 빈 식탁에서도 이승은 이승에게 저승이곤 했
단다

온몸을 다해 주먹을 쥐고

이마에 흥건한 땀

폐선된 노선에 잘못 진입한 익숙함으로, 우리는 우리에게서 구겨진다

달아오르기 전에 숨이 끊어져야 세상의 형식에서 벗어난다고 믿던

매순간 빗금을 긋는 숨결

그곳에 고요한 신은 아직 미소를 짓고 있는지

고통의 박동이

또다른 형태의 거룩한 음성이라면

누이여, 이 참혹한 식탁은 우리의 슬픔을 버무려 모아 묻던 아주 오래전 우리가 걸어본 적 있던 유년의 뜰이거나

분명히 한 번쯤 손을 잡고

낡은 집으로 향하던 정거장 뒤편, 우리가 하염없이 눈물을 떨구던 이전의 저승은 아니었을까

치열이 흐트러진 여인이 마지막으로 삼킨 귤의 단내를 맡으며

접시째 불행을 씹어먹는 밤

입안 가득 살이 베어지고 침에 섞여나오는 수상한 피, 이

— 수상한 슬픔을 무엇이라 부를까

　눈을 질끈 감아도 명료하게 걸어오는 슬픔
　쟁반 위에서 삼켜지기를 기다리는 통증만이 우리의 생이
었을까

　너는 태어날 때와 늘 다른 모양이 되어가고 있구나

　북극의 숲에서 길을 잃고
　녹슨 지평선을 손으로 더듬으며 귀가할 계절이 되었으니
　누이여, 우리는 정신의 목발을 짚고
　잠든 사이 꿈에서 새긴 한 뼘의 칼자국을 함께 문지르며
　그늘에서 뚜벅뚜벅 걸어나와

　빈 트럭이 오는 정거장
　우리의 혀를 태워 떠나보내네

　머리를 칭칭 동여맨, 식탁에 남겨진 어둠을 눈꺼풀도 없
이 바라보면서

—

십일월

소피스트와 신부와 불법체류자가 소설가의 어둑한 눈꺼풀을 잔에 따라 마시고 각자의 안으로 흩어졌다 소화시키지 못한 전날의 눈꺼풀 탓인지 통화음을 잘 알아듣지 못했고 그건 빗길의 교통사고였습니다 십일월의 비가 소설가를 품었다는 첫마디를 내뱉은 사람은 누굴까 동공을 갉아먹은 비가 내려서인지 불한당들의 혀로부터 도망쳐 괴로운 입술을 적신 것인지 선후관계가 분명진 않았고 불법체류자였던 난 소설가의 들리지 않는 목소리를 빈소에서 다시 만났고 상주석의 남자는 눈꺼풀을 한 잔 따라주었으나 소설가의 전생을 낭독하진 않았다 간밤에 비운 잔을 내밀며 신부가 물었지 불필요하게 날아드는 파산자의 내용증명처럼 우리는 눈꺼풀의 죽음을 기억해야 합니다 유리잔에 남겨진 비린 눈꺼풀을 엄지로 쓰다듬을 때마다 소설가의 매끈한 눈알이 내게 밀려와 부서져 쌓였고 나에게서 나도 밀려와 부서졌고 소설가는 유리의 지문 너머에서 비를 맞으며 그 자리에서 하늘을 올려다보며 울고 눈에서 눈으로 유리가 기억처럼 쏟아지고 있어요 그날 내린 비가 동공에 퍼부을 기후였음을 미리 짐작했는지도 모를 일이지만 덮어줄 담요가 없었으므로 한때 소설가가 지도 밖의 모서리가 되었을 서점에서 소설가의 마지막 신간을 품고 내달렸다 별안간 소피스트가 골목의 벽에서 얼굴을 내밀더니 나와 자신의 뺨을 번갈아 치며 검게 젖은 입을 열기를 죽음을 탈취한 어리석은 자여 사방이 입구다 정오의 비는 내일도 모레도 내릴 것이다 침묵의 형상은 아직 그대로인데 숨을 헐떡이고 뒤에서 쫓는 얼굴을 바라보며 소설가와 나란히 앉았던 나무탁자에 앉아 칼등을 매만지며 해체된 당의 권리당원처럼 묻지 못한 질문만 계속하는데 눈꺼풀이 한 번 깜빡일 때마다 느닷없이 실내에서 익사하는 눈꺼풀이 있었고 사방의 감긴 그 눈꺼풀은 동작 하나에 천 년이 걸리는 수화로 내게 말을 걸어오고 빈 잔에 달라붙는 눈꺼풀을 바라보며 단 한 번 내 것이었던 구름의 기억으로만 나와 소설가는 서로의 눈꺼풀을 삼키기 시작했다 부끄러운 계절은 매순간 우리를 훑고 지나가고 지나갈 때마다 피부 어딘가에 자기 신체를 박제하는 계절이 슬프고 몸을 수시로 관통하는 이름이 처연하고 필연으로 돌변하는 세계의 우연은 참혹하구나 한순간도 면제되지 못하는 눈꺼풀의 깜빡임이 서러울 뿐이라고 스물세 시간이 지나 있었고 그 스물세 시간은 부당한 선언이라며 나의 눈꺼풀마저 잔에 섞었다 공중의 눈꺼풀이 깜빡일 때마다 미친 눈꺼풀은 소설가의 얼굴을 삼키고 어느덧 모든 얼굴을 잡아먹힌 소설가가 영원의 번복을 호명하고 밤은 누군가가 잠깐 닫은 눈꺼풀이었다 소피스트도 신부도 긴 복도를 걸어오는 슬픈 나였구나 생의 여러 정면을 바라보던 밤에 울부짖는 그림자도 무수해져서 아주 오래전 겹눈으로 분명히 보였던 것들을 더듬기 시작했고 눈이 멀고도 한 잔의 물로 목을 축이며 전진하는 행렬을 바라본다 정오의 역광이 잦은 십일월이면 죽음의 나무를 목발처럼 짚은 채 죽은 자들이 돌진하는 흑점이

있고 몇 방울의 흑점을 수혈해버린 내 울음의 검은 핏물이 ⎯
눈꺼풀에 눈꺼풀에 눈물에도

무국적 체류자
―북양에서

1
국적 없는 유령은 빛으로의 출국을 기다린다
창문을 연다, 북양동 위로
전신이 동공뿐인 태양이 귓등 뒤 염증처럼 박혀 있다
밤새 말라죽은 벌레가 장갑에 달라붙었고
점심시간엔 증명사진을 구겼고
오후엔 이가 나간 볼트를 밟았다
가끔은 태양이 정수리까지 빼앗았다
창문을 벽에 걸고 문 닫으면 소음은 허공에 병든 물고기
침묵의 입을 뻐끔거린다
외연기관도 겨울도 단정한 법을 잊고
늙은 수캐가 공장 문 앞에서
자꾸 항문으로 밀려나오는 가능성을 핥는다
고장 직전의 기계가 통증처럼 껴안고 서 있는
팽팽한 열기에 다가서지 못하고
머리맡 검어지는 기도문을 외는 새벽
이제껏 보던 것과 다르거나 같은 것은
내 안에 통째로 삼켜야지
모든 기억은 내 안에서 글썽이다 멎는다
깨진 유리창을 지나는 바람
떠오르고 싶은 자 떠오르도록
나를 기다리는 기억에서 도주하기를

2

꽃 한 송이는 경련을 일으킨다
폐허에서
나의 발음이 빈 공간에서 허기로 충만하고
너의 침묵을 번역하면 몽상이었지
분진에 뒤엉킨 공기를 폐부로 흡입할 때
문장을 발견하지 못해 아무에게나 흔들리고 싶은 날
지친 공기의 멱살을 잡고
철거 후의 혁명을 꾀하는 확실한 반란의 계승자
폐허에서
안팎은 거대한 무채색 결핍뿐
잘려나간 소음이 모여드는 수족관
입 터진 공중의 물고기가 지나가고
더 깊은 밤의 피로가 필요하다고
나무는 전생에 멎은 수액을 이제 다시 흘리며
차가운 치욕을 소리도 없이 지껄인다
더 피상적인 혼곤과 고독이 불가피하다고
국경 잃은 자, 나를 찾을 수 없고
나를 완성할 수 없는 최후를 쓰다듬으며 밤의 한가운데
물을 닦는 한 소년이 벽을 연다
그것은 수족관의 옆얼굴이며
당신은 그 벽을 거울이라 부른다

무국적 체류자
—남양에서

들숨에 타버린 뼈 몇 개가 컨테이너박스에 누워 있다
전혀 다른 풍경에 누운
사체의 탄생
대지의 피사체
귀에서 귀로
불에 타버린 시신의 비명이 일순간 빠져나간다
부재마저 추문이 되는
죽음의 망명 전야
절필한 서기관은 그제야 뼛조각들이 온전히 살아나 안락
사를 당하려 출국하는 소설을 쓰기 시작한다
눈먼 화가는 뼈에 새겼던 점자 일기를 더듬으며 그림을
그리고
굳어가는 하얀 캔버스에 검은 재를 찍어 투명한 붓을 들어
사체의 전생(全生)을 쓰는
그림자의 옆모습은 삽화 구석에 그려진다
관람객이 눈치채지 못했던 몇 구의 그림자가 소리도 없
이 울고 있다
어둠으로 어둠을 쓰는 서기관
소설과 삽화 사이에서 벌어지는 무혈사태
너의 내부는
나의 외부다
몇 방울의 피조차 흘리지 않고
들숨에 질식해야 끝나는 것들의 병든 반란

냉장고에서 막 융해되기 시작한 썩은 액체가 독오른 뱀처
럼 빈방을 기고
 컨테이너박스 내벽에
 액자의 기도문은 오래된 벽화처럼 흐릿하다
 안락사를 위한 소설은 완성되지 못했고
 나는 이미 그려놓은 삽화 안에서만 눈을 뜬 채 잠에 빠
진다
 표정이 달라지는 가면을 쓴 서기관도 화가처럼 눈이 멀
어간다
 젖은 이끼처럼 펼쳐지는 자기 타살의 현장은
 눈 한 번의 깜빡임만으로 천 년이 흘러
 백골이 누웠던 자리를 박차고 일어난다
 죽은 이가 떠나간 자리에서 신발을 신고 한참을 머뭇거
릴 때
 저벅저벅 문을 열고 걸어나가는
 병든 그림자

프랙털

1

물의 배를 기어이 갈랐다. 오래전 죽은 강의 축적된 얼굴
들은 뜬눈으로 잠들 듯 혼곤하다. 가른 배에서 쏟아지는 표
정들. 나와 그대가 봉합하지 못한 채 삼켜둔 내장의 눈이 피
한 방울 흘리지 않고 고화질로 쏟아진다. 병든 두 손으로 감
싸도 손가락뼈 사이로 빠져나가는 생애와 그 안에서 흐르지
못하는 생 전체의 불협.

한 번도 빛을 본 적 없던 추상의 얼굴이 이제 빛 아래에서
익사한 채로 굳어간다. 내가 순례하는 슬픈 얼굴은 언제나
유지(流地)였다. 찢긴 옷 같은 가죽에 수감된 듯 찬 피가 담
겨 있어 닫으려 해도 닫히지 않고 덮으려 해도 덮을 수 없는
곳이었다. 불을 지펴 움직이는 것을 살피면 암시적인 왕국
에 잠든 표정 없는 생들.

2

물도 나를 기어이 갈랐다. 강은 나의 지하로 내려가 홀로
타협도 없이 생을 그을린다. 나는 물의 검은 표정이 되고 물
은 내 안에서 나를 익사시킬 듯이 흘러든다. 영원히 가지 못
할 소실점을 그리는 화가의 눈으로 나는 물의 숨을 가만하
게 쳐다본다. 나의 내부에서 뜬눈으로 웃으며 또다른 기억
을 안에서 품는, 저 흐르는.

보이던 것이 보이지 않고 들리던 것이 들리지 않는 불내성의 질서. 그렇다. 흐르는 강의 내장이 모두 나왔다는 것. 흐르지 못하고 쏟아지지 못한 채 간신히 매달려 있다는 것. 회복되지 않는 상처를 병든 아기처럼 안고 거꾸로 자라는 나무에 물을 준다. 강도 나도 웅크린 채 서로를 기른다. 태어나기 전에 다 자라버린.

것들의 역사

벵골고무나무 화분 아래서
딸아이 들고 온 책 한 권 편다
동물탐구 먹이활동편
세렝게티의 여름이 케냐로 질주하고
천 마리 누떼
강 저편에서 딸아이 무릎으로 옮겨 앉는다
헌옷 걸친
겁 많은 어미 누 한 마리
나의 무릎에 가는 눈알을 기댄다
이미 시든 것들과
시든 것들을 더듬으며 시들어가는 것들 모두
헐겁게 걸린 벽시계처럼 기울어가고
이미 건넌 것들은
건넌 것들을 쳐다보는
건너지 못한 것들의 눈알을
물끄러미 쳐다보며 죽어간다
빗금에 맞지 않는 초침처럼
가끔은 잘 보이지 않는 자리에서
어긋나는 것들이 있었다
그 무질서한 것들의 무질서한
최후를 나는 바라보면서
풀이 자라지 않으면
돌아오지 않는 것들의 계절과

풀이 자라지 않아도
돌아와야 하는 것들의 계절을 생각하곤 한다
건넜거나
건너지 못한 것들에게는
돌아오지 못했거나 돌아온 것들에게는
모두 세렝게티의 먼 눈빛을
간직하던 순간이 있었을까
그들의 눈알 속 지평선 사이를 나와 당신은
아주 오래전 지나온 적이
있었는지도 모른다
생애 처음 강 위로 뛰어올랐을
새끼 누의 턱뼈 아래로
포식자의 이빨이 박히는 사진을
나는 서둘러 넘기면서
여기, 벵골고무나무 아래서
새끼 누 한 마리의 박제된 최후를 쳐다보는
늙은 어미 누의 눈알과 나의 눈빛도
정신의 어느 구석에 박제되어간다
생의 한때를 건너지 못한
새끼 누 한 마리를 더는 보지 못하고
몇 페이지 아프리카를
서둘러 책장에 쑤셔박고는
오래된 노래를 부르면서

나는 이미 시들었다고
시들었던 기억이 있었으므로
시들었기에 건너지 못했다고
그런 상상으로 진입하곤 한다
영영 돌아오지 못한
작고 약한 것들과 낙원의 그림자와
그것을 무심코 쳐다보던 것들을 생각하면서
뼈를 씹는 수캐들의 요란한 소리를
나는 들어버렸는지도 모른다
패배한 것들과 숨지 못한 것들을
딸아이와 물끄러미 바라보는 밤
돌아오지 못할 그림자들의 주인들
나무 아래서 천 년을 기다려도
누구도 건너오지 않으리란 불온한 예감과
그 잔인한 인과의 질서를
딸아이도 언젠가는 서글프게 알게 될 것이다
이전의 것들에서
이후의 것들로 변하는 것들만이
나의 열대야가 된다
겨울의 열대야 같은 그런 밤에
아무도 몰래 식은땀을 흘린다
인도 동부의 뱅골에는
대기근이 있었다 한다

여기는 겨울, 작고 약한 것을 품에 안고
가본 적 없는 순간을 기억하면서

거울과 거푸집

1

죽음이 흘러가지 않고 말을 건다
하나의 이름으로 움츠러든
죽음은 천 개의 삶을 말로 감싸온다
주검으로 변해가는 불안의 뼈
하나의 생이 발광하는 어둠으로 부서지고
더는 손을 맞잡은 너를 찾을 수 없다
농담이 지나지 못하는 입술을 더듬으며
검은 광장의 여백을 걷기 시작하는 너를
본다, 한때 오직 말로 가득했을 입안의 혀
축 늘어진 살덩이가 차라리 말을 걸어온다
혼곤한 잠 속에 흰 초를 꽂고
죽음은 다시 기도 속에서 삶을 건넌다

2

죽음이 새벽기도가 끝난 예배당에 당도하였다
몇 명 비쳐보지도 못한 거울에는 깨진 선
저 반짝거리는 위험한 결에 비친 죽음이
여전히 평온을 가장하지 못하고
속죄중인 벼랑에 실은 낭떠러지가 없어
오직 한곳에서 생을 비추려 애쓸 뿐이다
혼잣말중인 죽음은 거울 어딘가에 걸려 있다
죽음의 손에 들린 꽃은 여전히 싱싱한데

086

거울은 낡았고 거울에는 빈 의자만 남아
삶의 문에서 음악을 들으며 서성거린다

3
거울 안 오른쪽 당신의 그림자
눈으로 살필 수 없어도, 육신의 거푸집
골목의 창을 지나는 연기가 되어
오로지 죽음만으로 죄의 페이지는 지나가고
모선(母船)이 되어 생을 끌어당기는 죽음의 기도
마지막 들숨에 찔려 질식한
당신을 기억의 도서관에 욱여넣고
익숙했던 정오는 이제 텅 비었다
발음 없는 죽음에게서
천 개의 닻이 내려온다

아무도 보지 못한 숲*

암호를 사이에 두고 새벽과 밤이 뒤바뀌는 숲은 당신이 앓던 병명이다. 증상은 그 숲의 바닥으로 내려가는 일이다. 숲의 몸이 다녀간 당신의 자세는 재빠른 몸짓으로 정지. 나무에 거꾸로 기대 하늘로의 추락을 기다리는 질병은 뜻밖일 수 없다. 그것은 숲의 치료법이다. 무너지는 태양의 조각을 삼키려 한때를 기다리는 일은, 그러니까 선의의 몸짓. 발아래 새 지나간다. 육지에 내려서지 않고 바다만을 누비는 곡선. 혹등고래를 따라다니며 찌꺼기를 핥고 날갯짓도 없이 산다. 차마 대신이라는 말 대신, 차마 분노라는 언어로 분노할 줄 모르는 새.

바닥의 배후자는 방금 뻗어나온 손으로 새를 낚아챈다. 긴 시간은 아니었다. 숲의 극지방을 여행하는 일은 그 종(種)의 진행형인 알의 막막함에 대하여 해독하는 일이다.

* 조해진, 동명의 책에서.

심장의 편자

타지 말았어야 할 트럭에 올라탄 적이 있다

경마장 퇴역마들이 목초지 둔덕에 멈춰 있었고 무명국가에서 미완결의 숙제를 풀지 못한 나는 나를 경멸했다 트럭 손잡이 옆에 몸을 낮췄다 별 아래 사는 부족을 만났고 수신자 없는 편지를 받은 족장은 나에게 가면을 씌웠다 나는 스타트라인의 기억을 회복하지 못하는 말의 울음이 건조해 슬펐다 심장에서 편자는 떨어졌다 야음에 말소리가 고요했다

보름달이 뜨면 늙은 퇴역마가 죽어 자지러진다는 소문을 들었다 달빛과의 거리가 좁혀지던 날, 트럭의 시동은 끊어지고 열쇠를 잃어버렸을 때 방금 당겨진 방아쇠의 총성처럼 기침은 공기 속에 쿨럭였다 그것은 나의 소리였을까 달 저편의 인기척이었을까 달그락거리는 편자의 진동

검은 원

확신범에게 죄를 묻느냐, 울지 마라

죄의 시작을 모르는 것은 확신범뿐이니 죄가 알려진 후에
는 죄의 자백이 늦었으므로 대지의 눈물은 뒤늦은 자기 추
인일 뿐이다

닫힌 문 안에서 하루는 흩어지지 않는다 시간의 행간에 유
령만이 길을 밟고
작고 거대한 목소리만이 돌에 내려앉는다

해지는 곳에서 빛을 만들고 해뜨는 곳에서 어둠을 만들
었나니*
고통도 환희도 잠시 채워졌던 빈병

빈병 속에서 한 줌씩 자라던 숲이여, 온몸을 다하여
숲이여, 시들어라

마지막 남은 나무의 밑동을 잘라냈을 뿐인데 북부흰코뿔
소는 날숨의 문장만 남긴 채 멸종되었다

해체된 당의 권리당원처럼 우리는
차마 두 손을 모으지 못하고

죄의 고백을 기다리지 못하는 지상(地上)이 된다

세상의 모든 이별의 눈물아
너의 병명은 슬픈 확신이었구나

흐른 적 없는 강이 범람하고 쓸려나간 빈집만이 제자리로
와 문을 걸어잠그니

물기 마른 후 빈집에서
검은 꽃잎을 물고
문을 나서는 투명 코뿔소의 사라진 코를 더듬으며

너희는 온몸으로 온몸으로 가난한
빈병만이 될지어다

* 이사야서 45장 6~7절.

섬망

쉬가 슬어버린 기억의 흰머리를 땋으며
나는 소년처럼 늙어갔다
뒷모습 소년의 흰머리를 땋으며
소년 아닌 누군가로만 늙기로 했다
소년의 얼굴은 늘 나와 같은 방향이어서
눈동자도 얼굴도 보이지 않았고
뒷모습은 뒷모습일 뿐이었지만
소년의 다물어지지 않는 입에서는
기다린 침이 느리게 흐르기도 했을 것이다
소년의 젖은 머리칼에도 전생은 있었을까
아마도 이 머리칼의 슬픈 전생은
한 마리 흰 늙은 개였을지도 모르는데
그렇지 않고서야 내가 버린 개가 흘린 침을
내가 눈물 같은 걸로 흘려볼 이유는 없다
더럽게 젖은 털을 꼬리까지 흔들며
긁지도 닦지도 않을 기억들을 털면서
기억의 배 갈라 슬픈 페이지처럼 들여다보는데
있어본 적 없는 인간의 안녕을 위하여
머리칼은 약속한 듯 풍성히도 자라고
죽음의 흰 개는 내가 잃어버린 인간들의
머리를 하고서 없는 종(鐘)처럼 꼬리 흔들다
멈춘 바람처럼 사라진 형상인지도 모르는데
소년의 흰머리는 나의 흰머리이기도 해서

나는 벌써 야윈 눈을 가진 늙은 노인이었다
소년이 아닌 무엇으로 늙어보기로 했는데
얼굴 본 적 없는 소년처럼 늙어만 간다
뒷모습 소년은 늘 뒷모습 소년이었고
흰 개가 되어버린 늙은 소년의 자세를
나는 바람으로 모래로 그리다 흩어져가고
개는 멀리서 잠음으로만 내게 말을 건다
흰머리에선 뭔가 꿈틀거리는 것 같아
오래전 버렸는지도 모를 한 마리의 개
인간 모양의 상자를 해변 아래서 꺼내며
흰 개와 나는 차라리 부조가 된다
원죄처럼 흰머리 땋으면서 소년이 온다
악몽을 포기해버린 자에게의 선물처럼
상자 열면 죽음의 흰 개가 젖어 있고
우묵한 눈으로 나를 쳐다보는 기억들
모두 떠밀려가지만 젖은 개 한 마리 남아
하얗게 떨던 그 더럽게 젖은 흰 개가

해설 —

림보로의 초대 —
이철주(문학평론가)

1

　죽음을 모르는 말들이 있다. 부패도 사념도 그늘도 모르
는 말들의 소요 속에서 삶은 자꾸만 오늘의 바깥으로 위태
롭게 내몰린다. 썩지 않는 말들의 아가미가 삶을 대신하여
숨을 쉬고 정신의 어둠을 하얗게 극지로 몰아세운다. 육신
보다 먼저 일어서고 기억보다 먼저 당신을, 그리고 지금을
떠나보낸다. 모욕과 치욕으로 제멋대로 뚫리고 터진 숨구멍
들을 가까스로 틀어막고, 우리의 텅 빈 이름을 날카로운 말
의 구조 위에 거칠게 새겨넣는다. 우리를 대신하여 살고 삶
을 대신하여 우리를 증명한다. 감촉도 무게도 예감도 지니
지 못한 말의 함수들이 그렇게 모든 것을 집어삼킨다. '모
든'이라는 관념과 그 감각들까지도 허겁지겁 뿌리째 씹어삼
킨다. 세상에 오로지 저 자신만이 남을 때까지 몸을 지닌 모
든 것들을 가차없이 먹어치운다.

　김유태의 시는 이토록 게걸스럽고 맹목적인 말의 허기 한
가운데에 어떤 것으로도 대체될 수 없는 절대적 물질성을 끌
어들임으로써 추방된 '문자의 육체성'을 복원해내려 한다.
그의 문장 곳곳에 도사리고 있는 어두운 관념적 신체들은
인간의 말이 태어난 최초의 자리를 서성임으로써 상실된 죽
음의 무게와, 죽음을 견디고 응시하는 생의 원초적 활력을
문자의 앙상한 뼈대 위에 다시 부여하려 한다. 정신의 언어
로 탈각된 관념의 기표가 아니라 고유의 욕망과 한계를 지

닌, 상처와 목숨을 지닌 관념의 몸들로, 문자의 육체성들로 독자를 인도한다. 정신의 투명한 거울인 줄 알았던 문자가 어느 날 문득 낯설고 생경한 눈빛으로 자신을 들여다보는 순간을, 읽을 수 없는 몸을 지닌 관념이 자신에게 말을 걸어오는 경악스러운 순간들을 매개하고 촉발한다. 때로는 우스꽝스러우면서도 불길하기만 한 피에로의 얼굴로(「Pierrot」 연작들), 혹은 결코 붙잡을 수도 빠져나올 수도 없는 블랙홀의 아득한 심연으로(「검은 원」 연작들) 이끎으로써 기어코 말이라는 부정할 수 없는 하나의 심장을, 척추와 근육을, 동공과 허기를 마주하게 한다.

오래도록 유폐시켜온 말들의 검은 심연이 하얗게 정돈된 정신의 질서 속으로 역류하고, 파묻혀 있던 관념의 몸들이 육중한 중력을 거슬러 거꾸로 일어서는 김유태의 문장들은 산 것도 죽은 것도 아닌 림보(Limbo)에 갇힌 말들로 끓어넘친다. 살아 있지만 죽은, 죽었기에 더 생생히 살아 있는 존재의 양극단 사이에서 그의 화자들은 삶 속의 죽음을, 죽음 속의 삶을 동시에 호흡한다. 언뜻 무시무시하고 기괴해 보이기까지 하는 압도적인 풍광들은 일상의 언어 밑에 꿈틀거리고 있는 근원적 육체성을 가장 섬세하고도 강렬하게 지각하기 위한 언어적 섭식행위에 다름 아니다. 그의 문장들은 정신의 날카로운 질서에 잘려나간 관념의 물질적 흔적들을 발굴하거나 정신과 신체의 긴밀하고 견고한 사슬을 잘라내고 거두어들임으로써 최초의 말이 지니고 있었을 본래의 무게와 질감과 무늬 들에 다가서려 한다.

이번 김유태의 첫 시집에는 유독 말레비치, 카푸르, 술라주 등 추상 계열 작가들의 이름이 자주 언급되는데, 이는 '너머'로부터 울려퍼지는 미세한 주파수들을 잡아내고 이를 강렬한 언어로 증폭해내는 그의 언어적 신체들이 이들 예술가들이 펼쳐 보였던 숭고 계열의 미학과 긴밀하게 진동하고 있기 때문일 것이다. 추상회화가 매개하는 이미지들의 압도적인 물성 그 자체를 시적으로 전유하려는 김유태의 문장들은, 거대한 관념의 중력에 무감한 일상의 감각과 언어를 정면으로 충돌시킴으로써 관성에 젖은 말과 이미지들의 외피를 산산이 부서뜨리고, 채 꺼지지 않고 남아 있는 오래된 말들의 불씨를 읽는 이의 맥동과 숨결 속에 뜨겁게 옮겨놓는다. 환원 불가능한 관념의 신체와 문자의 육체성으로 들끓는 림보의 중력 한가운데로 독자를 끌어들이곤 통째로 집어삼킨다. 림보의 심연으로부터 온 섬뜩한 초대장을 그가 보낸 어두운 관념의 몸들로부터 읽는다.

2

김유태 문장의 활기와 뜨거움은 언어의 말끔한 절단면에서 미처 지워내지 못한 육체성의 흔적을 알아차리고 이를 발굴해내는 시선의 깊이와 기민함으로부터 촉발된다. "입

술을 닮은 너희 몸안에 눈물이 흘러내리는 시체가 있"(「목
욕하는 도모코 우에무라」)음을 직관적으로 감지해내는 그
의 문장들은 누적된 치욕과 실패의 역사를 날카롭게 증명
하고, 정신의 언어가 한 번도 제대로 불러준 적 없는 "당
신에게 갇힌 나의 온도"(「나무화석」)를, 몸을 지닌 생명으
로서의 존재를, 불멸의 역동과 흔들림을 지금이라는 순간
의 중심에 새겨넣는다. 생의 오욕과 어두운 이물들을 이장
시키는 그의 언어들은 그러므로 관념의 추상이라기보다는
"자취의 초상화"(「검은 원」, 20쪽)에 더 가깝다. "잘려나
간 소음이 모여드는 수족관"(「무국적 체류자—북양에서」)
으로부터 그가 바라보는 풍경은 확장된 정신이 추방된 신
체를 끌어안는 숭고한 화해의 장면이 아니라 "도굴을 피하
려 먼 오래전 목구멍으로 삼켜 숨겨둔 놈이 나의 정오를 노
려"(「검은 서사」)보는 위태로운 활력과 에너지로 끓어넘치
는 응축된 폭풍의 시간이기 때문이다. 가령 아래와 같은 시
에서 그의 화자들은 추상적인 구조만 남은 언어의 뼈대 위
에 정신의 언어에 의해 잘려나간 말의 신체와 육체의 상흔
을 덮어씌우는데, 이 화해될 수 없는 언어의 덧칠이 그의
문장을 역동적이고 강렬하게 만든다.

죽음이 흘러가지 않고 말을 건다
하나의 이름으로 움츠러든
죽음은 천 개의 삶을 말로 감싸온다

주검으로 변해가는 불안의 뼈

　　하나의 생이 발광하는 어둠으로 부서지고

　　더는 손을 맞잡은 너를 찾을 수 없다

　　농담이 지나지 못하는 입술을 더듬으며

　　검은 광장의 여백을 걷기 시작하는 너를

　　본다, 한때 오직 말로 가득했을 입안의 혀

　　축 늘어진 살덩이가 차라리 말을 걸어온다

　　혼곤한 잠 속에 흰 초를 꽂고

　　죽음은 다시 기도 속에서 삶을 건넌다

　　　　　　　　　　　　　　　　—「거울과 거푸집」 부분

　투명하고 단단했던 "거울과 거푸집"은 죽음에 의해 덧칠
되며 쉽게 금이 가버린다. "한때 오직 말로 가득했을 입안
의 혀"론 감히 담아낼 수 없었던 "발음 없는 죽음에게서/
천 개의 닻이 내려"오는 것으로 끝이 나는 이 시는 김유태
의 문장이 지향하는 세계를 일목요연하게 보여준다. 정신의
언어로는 발음할 수 없었던, 아니 의도적으로 발음의 바깥
으로 내몰 수밖에 없었던 존재 바깥의 존재들이 정신의 투
명한 반영과 재현을 뚫고 시꺼먼 추깃물처럼 역류한다. 이
죽음의 덧칠은 단순히 이질적이라거나 낯설기 때문이 아니
라 본래 그 자리에 존재했으되 금기처럼 오랜 시간 억눌리
고 부정된 것이기에 더욱더 폭발적인 힘을 발휘한다. 그의
시에서 죽음은 인식과 존재의 외부로 추방당한 몸을 지닌

모든 존재를 통칭하는 일종의 매개적 범주일 뿐 고정된 실체가 아니다. 몸을 지닌 존재에 부과된 수치와 능욕은 정신의 바깥으로 온전히 배설되지 못하고 남아 말끔하게 정돈된 정신의 구조들을 스스로에게 각인된 흉터와 화인의 이름으로 고발한다.

주어가 없는 슬픔이 마침내 기거할 육체를 찾아 타들어가는 밤이면 울음도 기억도 검붉은 꽃이 될 거라고, 칼로 저미면 피어나는 검붉은 기억을 나는 혀로 더듬었다 속지주의로도 속인주의로도 명명되지 않을 잿빛 슬픔은 다행히도 불행이 되고 혀가 잘려야 비로소 딱딱해진다던 발음에서 흘러나온 단어만이 환풍구로 빨려들어갔다 파헤쳐지는 형상은 한동안 소식이 끊어졌던 공범이 되어 화로 안에 결가부좌로 앉아 있었다 모자를 다시 눌러쓰고 아직은 덜 타버린 살육의 혀를 나는 천천히 씹으며 처음부터 다시 시작할 수 없는 살덩이, 불꽃의 검붉은 눈을 오래 쳐다보았다

—「낙관(落款)」부분

'고기'의 표면에 새겨진 "낙관"은 해당 신체가 먹어도 되는 음식임을, 우리 내부의 정신과는 하등 닮은 점이 없기에 아무런 거북함이나 불편함 없이 소비하고 사용해도 되는 것임을 확인하고 증명한다. 물론 이는 어떠한 경우에도 "살

덩이, 불꽃의 검붉은 눈"과 마주하지 않겠다는 거친 다짐 위에서나 가능한 불완전하고 폭력적인 선언일 뿐이다. 죽은 살덩이는 영혼과 정신을 남김없이 발라낸 다음에도 "칼로 저미면 피어나는 검붉은 기억"들을 굵은 신경 다발처럼 쏟아낸다. 존재와 언어의 신체성, 영혼의 염원과 갈증은 설령 "기거할 육체"가 사라지고 훼손된 이후에도 남아 "주어가 없는 슬픔"들로, "혀가 잘려야 비로소 딱딱해진다던 발음에서 흘러나온 단어"들로 허공의 깊숙한 폐부 속에 선연히 기록된다. 김유태의 문장은 존재와 주체의 바깥으로 유배된 이 원형적 신체의 목소리에 사로잡힌 채 결코 붙잡을 수도 소거할 수도 없는 오래된 궤적의 중심을 향해 스스로의 신체를 찢어 헤치듯 열어놓는다.

서쪽이 위로 가는 지도를 내벽에 그리는 중이었다 창이 없는 벽의 바깥으로 새가 전속력으로 날아와 부서졌다 그 방에는 지도의 배면으로 달려드는 새가 있다고 했다

모두가 그 새를 목소리, 라고 불렀다 돌아오는 새는 유폐의 방을 비껴갔다 허공에서 홀로 떠돌다 낯선 공중에 흩어지며 타올랐다 목소리는 전염되지 않았다

새의 동선을 따라 벽에 선을 그으면 근사한 초상화가 그려졌다 얼굴은 말을 걸었다 모두가 그 얼굴이 자신의 그

림자인지 몰랐다 거울은 불안을 들추며 벽의 바깥을 떠
돌았다

　벽에 기대 잠든 척하며 언젠가부터 모두가 목구멍 안에
서 각자의 새를 몰래 키웠다 성체가 되면 자작나무처럼 염
증이 하얗게 오르는 그 새를 모두가 죽음, 이라고 불렀다

　성대 부근에서 가끔 죽음을 꺼내 쓰다듬던 자들은 예외
없이 커튼 바깥으로 끌려나갔다 종신형을 꿈꾸며 모두가
새를 삼켰지만 새는 자주 튀어나왔다
—「폐원」 부분

　제거될 수 없는 목소리는 천형처럼 온다. 세계 속 존재의
자리를 규정해놓은 "지도를 내벽에 그리"고 있는 화자는 인
식과 정신의 질서를 제 몸에 새기며 불온한 목소리들을 잠
재우려 하지만 "지도의 배면으로 달려드는 새"의 돌진까지
막아내진 못한다. 다행스럽게도 이 위험한 목소리는 끝끝내
표적을 명중시키지 못하고 낡은 "유폐의 방을 비껴"만 가는
데 목소리란 본디 외부로부터 올 수 없는 것이기 때문이다.
이 한 편의 시는 오직 이 단순하고도 명징한 진실의 무게를
보여주기 위해 분투한다. 단 한 번도 외부로부터 온 "목소리
는 전염되지 않았"는데 이 불온한 신체성의 출몰은 "폐원"
의 주민들로 하여금 살아남기 위해선 목숨을 걸고 숨겨야

하는 "새"를 저마다의 "목구멍" 속에 기르게 만든다. "자작나무처럼 염증이 하얗게" 올라 "죽음"에 이르게 될 것을 알면서도 애써 눌러 지워야 할 수치이자 형벌인 "목소리"들을 애지중지 먹이고 보살핀다.

목소리의 학살이 반복될수록 숨긴 "새"의 골격과 몸집 역시 커져만 가고 이를 길들이려는 지도의 얼굴 역시 매번 알 수 없는 암호처럼 낯설게 변해버린다. 시의 말미에서 화자가 말하는 "창문이 열리자 축제가 시작되"는 순간이란 이러한 억눌린 신체성들이 꿈틀거리는 일상의 배면을 지시하는 것이지 새의 비상이 흔히 연상케 하는 절대적 해방의 순간을 의미하는 것이 아니다. 너머의 명징한 지표는 없다. 오직 너머가 출몰하는 지금의 흔들림과 현기증과 예감만이 있을 뿐이다. 이처럼 김유태의 시는 정신에 의해 잘려나간 잠재된 신체성들이 일상의 표면에 드러나는 불온한 귀환의 순간들을 명징한 언어와 압도적인 이미지들로 선명히 붙잡아낸다.

3

'본다'는 감각은 다른 어떤 지각보다도 정신에 가깝지만 그럼에도 '눈'이라는 신체성으로부터 스스로를 말끔히 분리해내지는 못한다. 그러한 연유에서인지 유독 진실을 좇는 자들 가운데에는 자신의 눈을 스스로 멀게 한 사람들이 끊이질 않았고 이들은 하나같이 구도 행위 자체에 내재해 있는 신체성마저 제거하기를 원했다. 조금 다른 맥락에서이긴 하지만 김유태의 화자들 역시 전형적인 구도자의 모습을 보여주곤 하는데, 이들은 반대로 신체성을 복원하기 위해 정신성의 화신으로서의 눈을 스스로의 언어적 신체로부터 추방하고 싶어한다. 가령 "나는 실명한 채로 안경을 쓴 어둠"(「하나의 작은 균열」)이라든지 아니면 "눈이 흐려지면 비로소 눈을 뜨고 귀가 어두워지면 들리기 시작하는 병"(「오래된 감염」)이라든지, "눈이 멀어 붓을 자주 잃어버리던 화가가 눈을 감고 망상은 빈 공간을 오래오래 바라보는 밤"(「죄의 페이지」)과 같은 구절들에서 그의 화자들은 정신으로서의 눈을 부정하고 그것에 의해 배제된 몸을 지닌 존재로서의 눈에 도달하려 한다. 물론 부정되어야 할 정신성의 화신들은 오직 '눈'이라고 하는 신체의 기표에만 한정되는 것은 아니다. 예를 들어 아래와 같은 시들에서 '정신'은 '나'라는 불투명한 기호들의 족쇄로, '나'의 그 무수한 신체들을 부정하고 유폐시키는 인식과 사유의 근원적인 한계로 변주되며 반복된다.

머리가 반쯤 남은 도마뱀은
정신의 꼬리표처럼 내 죽음의 방에 매달려 있다

죽음의 도마뱀만이 정육면체 벽에서
나를 분절하고 다시 분절한다

(……)

도마뱀은 다리가 없다
야윈 자궁엔 내가 없었듯이

(……)

불확실하게 남아 있는 건 몸뚱이라고
잠옷을 잡아당기며 무슨 말이라도 해보라고
                              —「로미오 포인트」 부분

가끔은 십자가로 목을 자른다

(……)

가끔은 나를 잘라
방금 실종된 나에게 던진다

절벽에 십자가를 걸고 십자가에 나를 걸어보면서
나에게 불을 붙이며
행렬에 뒤엉켜 팔도 다리도 없이
                              —「검은 원」(22쪽) 부분

인용한 시들은 모두 '나'를 처형하려 하지만 이는 단순히
전도된 폭력의 재현이 아니다. '나'를 향한 '몸'의 저항은 원
한에 사로잡혀 거칠게 폭발하는 즉물적 감정이 아니라 훨씬
더 고요하게 정제된 능동적 운동성에 가깝기 때문인데 이는
한편으론 매우 전략적이기도 하다. 영화 〈알포인트〉(2004)
로부터 주된 이미지와 모티프를 가져온 것으로 보이는 「로
미오 포인트」에서 "머리가 반쯤 남은 도마뱀"은 정신과 죽
음 사이를 미끄러지듯 횡단하며 인식과 관념의 벽에 메울 수
없는 검은 구멍을 뚫어놓는다. 본래 꼬리를 자르고 도망치는
도마뱀은 김유태의 역류하는 상상 속에서 거꾸로 정신의 상
징인 머리를 자르고 사라지는 존재로 변형되는데, 이로 인
해 도마뱀이 남기고 간 "몸뚱이"는 단순히 정신의 외부로 국
한된 말단의 신체가 아니라 정신과 신체가 뒤얽혀 서로 분
리될 수 없는 새로운 잠재적 신체성의 성격을 지니게 된다.
　비슷한 모티프는 「검은 원」에서도 반복된다. 십자가라는
강력한 정신성의 상징은 죄 많은 육체로부터의 해방과 구원
을 약속한다. 흥미로운 점은 이토록 선명한 정신성의 상징
으로 하필이면 신체가 아닌 '정신'을 자른다는 점이다. 정
확히는 신체와 정신을 유일하게 매개하고 결정지어온 단단
한 연결고리("정신의 목")를 끊어낸다는 것인데, 이는 곧
목 위에 마땅히 자리하고 있을 머리와 정신을, 그리고 오로
지 그것만으로 '나'를 정의해온 오래된 습관과 관성까지를

모두 부정한다는 것을 의미한다. 이 시는 아니시 카푸르의 〈림보로의 하강Descent into Limbo〉(1992)을 창작 모티프로 삼고 있는데 시의 배면에 뚫려 있는 이 검은 구멍은 잘라낸 정신의 구조물을 버리기 위한 잔혹한 구덩이이기도 하지만 무엇보다 정신에 의해 매번 "실종된 나"의 물성들이 어지러이 뒤엉켜 있는 아득한 심연의 공간이기도 하다. 이 검은 허공에 도달하기 위하여 화자는 정신으로서의 자신을 화형에 처하는 극한의 상황으로까지 스스로를 몰아간다. 림보로부터의 초대에 응답하기 위하여 지금을, 자아라는 위태로운 환상을, 정신과 몸을 묶어두고 있던 오래된 탯줄을 모두 암흑 속에 집어던진다.

그러나 관념과 신체의 팽팽한 결속과 맹세는 그렇게 간단히 끊어지지 않는다. 억압되고 배제된 관념과 언어의 신체성을 끌어안는다는 것은, 불가능한 가능성들에 눈감지 않고 이들을 응시하겠다는 미학적 자세의 표현일 뿐 그 어떤 해방의 증표도 될 수 없기 때문이다. 일례로 김유태의 아래와 같은 시는 이러한 점을 선명하게 환기시켜 주고 있다.

내 정신의 민물엔 죽은 황제가 떠다닌다

허옇게 배를 드러낸 왜가리의 가죽은 폐제의 맨발에 걸려 이상한 소문을 붙잡고
내생의 와류에 걸린 황제는 영원의 와불이 되어 눈뜨

지 못했다

　죽어버린 황제에게 욕설을 퍼붓는 나는
　무국적 보트피플

　황제의 참형으로만 황제의 즉위식은 치러졌으므로 잠들
때마다 나는 죽은 황제의 인중에 총을 쏘곤 했다

　(……)

　슬픈 나의 얼굴을 한 폐제들이 물밑 무한개의 방 여기저
기서 목을 놓아 울고 있다
　　　　　　　　　　　　　　—「Pierrot」(50쪽) 부분

　세계란 본래 정신의 동일성으로 묶어둘 수 없는 무한한 잠
재성으로 이루어졌다는 것은 놀랍고도 기쁜 소식이지만 이
소식은 인간의 언어와 몸을 지닌 생의 구체성을 경유했을 때
에만 비로소 진실이 된다. 정신에 의해 억압된 신체성의 차
원을 복원한다는 것은 서사의 결말이 약속하는 화해나 구원
처럼 세상에 존재하는 모든 갈등을 단번에 씻어주지 못한다.
김유태의 문장이 말해주는 바는 지극히 현실적이고 명쾌하
다. 우리가 우리 자신의 죽은 "폐제"(라캉)들을 더 잘 알게
되면 될수록, 더 기쁘게 바라볼 수 있게 되면 될수록 한없이

분명해지는 것은 이들 죽은 폐제들을 우리의 자리로 결코 데려올 수 없다는 사실이기 때문이다. 우스꽝스러운 피에로의 얼굴을 한 우리의 죽은 폐제들을, 그 안에 깃든 무한한 금지와 좌절, 모욕과 수치의 얼굴들을 응시할 수 있을 뿐 어떤 미학적 언어와 선언으로도 균열과 상흔은 봉합되지 않는다.

김유태의 시가 관념적 구도자의 언어와 형식들을 공유하고 있다면 이는 어디까지나 정신의 눈과 관념적 자아를 추방하려는 그의 금제와 부정의 시도들이 결국에는 실패로 끝나리라는 냉정한 자각 위에서만 그렇다고 할 수 있다. 설령 정신의 눈을 무한히 파내고 관념의 목을 무수히 잘라내더라도 '나'는, 관념과 정신의 중력은 결코 사라지지 않을 것이다. 끝끝내 살아남아 죽음과 수치와 모욕을 한 치의 흐트러짐도 없이 자신만만하게 내려다볼 것이다. 다만 그런 '나'의 얼굴을 들여다보는 "죽은 폐제"들의 응시 역시 살아남을 것이다. 이미 죽은 나의 폐제들을 다시 죽일 방법 같은 것은 없으므로. 죽은 나의 폐제들 역시 억겁의 시간을 태연히 견뎌낼 수 있을 것이다.

4

"잘못 도착한 이명처럼 만나지 말았어야 할 새의 충돌"(「버드 스트라이크」)들을 매개하는 김유태의 문장은 말과 관념 깊이 매장된 근원적 신체들을 감각과 정신의 표면 위로 끌어올리는 장면에서 빛을 발한다. 유폐된 신체의 흔적을 좇다 온몸의 털이 하얗게 세어버린 알비노들의 꿈을 들여다봄으로써("알비노 기린 한 마리의 털을 몽땅 잘라 만들었다는 붓", 「임차」) 매끄럽게 봉합된 세계의 중심에 해갈될 수 없는 허기를 검은 구멍처럼 심어놓고, 정신과 신체의 폐쇄적 행렬을 가까스로 멈춰 세움으로써 오직 그 순간에만 언어의 내부로부터 솟구쳐오르는 부재하는 몸의 선연한 체온과 미세한 떨림을 정확히 감지해낸다("숨을 쉴 때마다 숨을 참아본다 부패한 얼룩이 몸안에서 뜨거워진다", 「오래된 감염」). 이러한 노력에도 불구하고 정신의 언어와 관념들은 날마다 새로운 표면과 전략으로 난공불락의 성체를 다시 짓겠지만, 김유태의 시는 아랑곳하지 않고 예정된 실패의 궤도를 향해 담담히 나아간다.

제 안에서 피 쏟고 새가 죽으면
부르지 못했던 새의 이름이 뼈에 새겨진다고도 들었다

나는 아주 오래전에
내가 잊은 나의 이름 하나를 찾으러
새가 죽었거나 죽어가던 종말의 바다에 서 있었다

(……)

죽어가는 새의 명멸을 천천히 확인하는 일

새의 뼈에 일부러 찔려
뼈에 새겨진 이름을 단 한 번만 더듬곤 했던 일

함께 어둡게 죽고
다시 햇빛에 깨어 이름을 잃고 바다에 서 있는 일

그런 일 말고는 아무 일도 일어나지 않았다
            ─「죽지 않는 마을」 부분

　시집의 표제를 제공하기도 한 위 시에서 화자는 "부르지
못했던 새의 이름"을 찾아 불길한 "종말의 바다" 앞에 서 있
다. 삶으로부터 추방당한, 삶이 배설해버린 세상의 모든 울
음들이 수장된 이 림보 속 풍경에는 시간이 흐르지 않는다.
아무것도 태어나지 않으며 어떤 것도 소멸되지 않는다. 그
저 죽음만이, 어떤 말로도 어떤 기억으로도 온전히 품어본
적 없는 죽음만이 끝도 없이 반복될 뿐이다. 이 불멸의 죽
음 앞에서 화자는 "죽어가는 새의 명멸을 천천히 확인하는
일"만을, "함께 어둡게 죽고/ 다시 햇빛에 깨어"나 이 모
든 루틴을 그대로 되풀이하는 것만을 스스로의 전부로 삼
고자 한다.

이들 "죽지 않는" 신체들이 비대한 정신으로부터 우리를 구원해줄 수 없는 것처럼, 우리 역시 관념의 게걸스러운 허기로부터 그들을 해방시킬 수 없다는 것을 김유태의 화자들은 너무도 잘 알고 있다. 추방당한 신체는 우리의 삶이 뿌리내리고 있는 결코 부정되어선 안 될 지극히 명징한 사실이자 조건일 뿐, 정신의 폭정과 지배를 뒤엎을 마법과 같은 환상이 아니기 때문이다. 김유태의 시는 정신으로서의 언어와 신체로서의 언어 사이에서 단 한 번도 제대로 말해진 적 없는 울음들과 함께 걷고 같이 흔들린다. 그들처럼 죽고 그들과 함께 태어나 이 모든 순간들을 무한히 반복한다. "그런 일 말고는 아무 일도 일어나지 않"을 때까지 몇 번이고 오늘의 죽음과 참혹을, 수치와 모욕을 우리 앞에 초대한다. 심연으로부터 온 불길한 화인들과 마주할 수 있도록. 섬뜩하고 불가해한 눈빛들에 기꺼이 응할 수 있도록. 림보로 향하는 검은 입구가 얼룩처럼 자꾸만 자라난다.

김유태 1984년 서울에서 태어났다. 서울대학교 국어국문학과를 졸업했다. 2018년『현대시』를 통해 등단했다.

문학동네시인선 161
그 일 말고는 아무 일도 일어나지 않았다
ⓒ 김유태 2021

초판 인쇄 2021년 9월 15일
초판 발행 2021년 9월 24일

지은이 | 김유태
책임편집 | 김영수
편집 | 이재현 김수아
디자인 | 수류산방(樹流山房)
본문 디자인 | 유현아
마케팅 | 정민호 이숙재 우상욱 정경주
홍보 | 김희숙 함유지 김현지 이소정 이미희 박지원
제작 | 강신은 김동욱 임현식
제작처 | 영신사

펴낸곳 | (주)문학동네
펴낸이 | 염현숙
출판등록 | 1993년 10월 22일 제406-2003-000045호
주소 | 10881 경기도 파주시 회동길 210
전자우편 | editor@munhak.com
대표전화 | 031) 955-8888 팩스 | 031) 955-8855
문의전화 | 031) 955-3578(마케팅), 031) 955-2678(편집)
문학동네카페 | http://cafe.naver.com/mhdn
트위터 | @munhakdongne
북클럽문학동네 | http://bookclubmunhak.com

ISBN 978-89-546-8210-7 03810

잘못된 책은 구입하신 서점에서 교환해드립니다.
기타 교환 문의: 031) 955-2661, 3580

www.munhak.com

문학동네